사연없음

○○의삶#4

상처 없는 것처럼

처음 사랑하는 것처럼

있는 그대로 사랑하기

사연없음

우듬지 지음

도서출판 잇다름

이 책을 미리 읽은 독자들로부터

"지금 곁에 있는 사람의 소중함을 다시금 떠올리게 된다."

"어수선한 불면의 밤을 위로해주는,
어른을 위한 베드 타임 스토리."

"옆집 언니처럼 친근하고 따뜻하다."

"어떤 사연도 없는 사람처럼 현재를 살아가는
작가님께 찬사를 보냅니다."

"글을 읽으며 내 이십 대를 떠올렸다.
계속 상처받고 실망할지라도 다시 일어날 용기,
그건 처음부터 내 안에 있었던 게 아닐까."

"작가는 사랑이 우릴 구원할 거라고 말하지 않는다.
다만 자신을 사랑하고, 나와 다른 남들,
내 옆에 있는 사람들을 보살피는 일의 아름다움을 말한다.
그런 믿음과 헌신이야말로 실은 사랑의 핵심인지도 모른다."

차 례

1부 모든 연애는 교훈을 남긴다

010 가장 찬란한 순간의 박제

017 내 첫사랑, 교회 오빠 아니고 교회 남자애

021 조금 비싼 다이어리로 퉁친 마음

028 이별에도 보험을 드는 세상

035 비요뜨가 아니어도 좋아했을 거야

040 어쩐지 사귀자는 말을 안 하더라

046 님아 그 연애의 강을 건너지 마오

053 안전 이별을 기원해

060 왕자를 사랑한 무수리

068 사랑은 항상 영향을 끼치기 마련이죠

075 함께해도 혼자여도 괜찮은 나

082 엄마 딸은 곱지만은 않아

089 네가 상처 준 건 왜 기억 못 해?

096 건강한 정신에 건강한 사랑이 깃든다

104 영원한 사랑

2부   사랑, 꼭 한 가지 결이어야 하나요

110   당신의 사랑을 낚아도 될까요

117   복수의 마음, 그게 사랑일까

127   임신을 중단할 권리

135   애 아빠가 누구인지 묻지 않는 사회

143   비혼의 삶을 그려보다

150   대도시의 사랑을 이해하기

157   사유리의 출산이 우리에게 시사하는 점

166   사랑도 가족도 정해진 답은 없잖아요?

172   돌아온 싱글들의 라이프

3부 결혼, 또 다른 연애의 시작

182 머리에서 종이 울리진 않았어요

188 신혼집이 비싸야 잘한 결혼은 아니다

193 엄마의 마음으로

197 너를 내 시선에 가두지 않을게

202 베짱이 배우자가 살아가는 법

209 사연 없음

212 달라도 잘만 삽니다

219 심술보가 터지는 그런 날이 있지

227 너에게로 가는 기찻길

230 코로나 시대의 결혼

235 남편과 할머니

240 너의 세계에 젖어 드는 일

247 내 남편의 꿈은 장항준입니다

256 사랑과 결혼에 대한 끝없는 탐구

262 에필로그 │ 사랑은 원래 예쁘지 않다

1부

모든 연애는 교훈을 남긴다

가장 찬란한
순간의 박제

스물네 살 때, 사귀던 남자 친구와 프랑스로 여행을 간 적이 있었다. 내 인생 첫 해외여행이기도 했다. 원래부터 같이 여행을 하려던 계획은 아니었으나, 대학원생이었던 그가 독일로 학회 출장을 가게 되면서 내 프랑스 여행 일정에 합류할 수 있던 덕이었다. 그때는 모두가 우리를 부러워했다. 남자 친구랑 해외여행이라니, 그것도 프랑스에서! 예상대로 프랑스에서의 시간은 너무나 행복했다. 사랑하는 남자 친구와 파리 곳곳을 누비며 젤라또를 먹고 에펠탑 레스토랑에서 저녁을 먹으며 생각했다.

'내 삶에 주어진 행복 총량의 절반은 여기서 쓰네!'

사연 없음

그러던 그와는 스물여섯 살 때 헤어졌다.

헤어지고 나서 가장 후회가 됐던 건 역시나 프랑스 여행을 그와 함께한 일이었다. 이제 이별했으니 내 외장하드에서 그를 지워야 마땅한데, 행복하디 행복한 프랑스 여행 사진의 8할이 그와 찍었거나 그가 피사체로 나온 사진이었다. 곤혹스러웠다. 이럴 줄 알았으면 풍경사진이랑 독사진 좀 많이 찍어둘걸. 그렇다고 사진에서 그만 오려낼 수도 없는 노릇이었다. 하는 수 없이 많은 사진을 지워야 했다.

나는 왜 그와 헤어질 줄 몰랐던 걸까. 함께 찍은 사진은 왜 그리도 많았던가. 왜겠는가. 이유는 하나다. 헤어질 생각 따윈 하지 않고 온몸을 바쳐 사랑했기 때문이다. 그야말로 '영원히 사랑해'란 말을 믿던 시절이었다.

그 일이 큰 후회로 남아, 나는 그 이후 만나는 남자들과는 함께 여행을 가더라도 꼭 독사진 위주로 사진을 찍자는 나만의 철칙을 세웠다. 헤어질지도 모르니까, 헤어지고 나면 어차피 또 다 지워야 되니까. 내 추억도 함께 몽땅 지워버리긴 싫으니, 간편하게 처음부터 걔와 내 사진을 따로 찍는 거다. 그럼 나중에 헤어지더라도 걔 나온 것만 쏙 지우면 될 일이다. 연애를 거쳐 생긴 내 나름의 노하우였다.

얼마 전 유튜브를 보고 있는데, 한 영상이 피드에 떴다.

한때 엄청난 인기를 구가했던 예능 프로그램의 오래된 클립이었다. 그 프로그램은 연예인 남녀가 출연해 가상 결혼이라는 컨셉을 통해 달달한 부부의 모습을 보여주는 것으로 유명했다. 수많은 커플들이 그 프로그램을 거쳐 갔지만, 내게 뜬 영상은 가상이 아니라 실제로도 연인 관계였던 한 연예인 커플의 영상이었다.

유명한 아이돌 여성과 유명한 남성 가수의 연애. 그들의 출연은 다른 출연진들과 달리 실제 연인이었기에 더욱 화제성이 짙었던 것으로 기억한다. 그때 그들의 나이가 20대 초중반쯤 되었을까. 영상에 나오는 앳된 얼굴의 그들은, 마치 내 인생에 너 말고 다음 연인은 없을 거라는 듯 온 열과 성을 다해 사랑하고 있었다. 머리를 쓰지 않고 마음으로만 연애하는 20대의 풋풋한 사랑 그 자체였다.

그들의 모습을 보니, 별안간 절대로 헤어질 일 없을 거고 무모하리만치 믿었던 나의 지난날이 떠올랐다. 프랑스 여행을 비롯해, 죽어도 여한이 없을 만큼 행복하다고 느꼈던 많은 순간들이. 훗날 자신들이 헤어지리란 걸 꿈에도 모르고 서로에게 질주하는 영상 속 남녀의 모습과 과거의 나는 다를 바가 없었다. 그들을 보며 속으로 생각했다.

'바보들, 너네 10년 뒤에 헤어진다. 그것도 모르고 이렇

게 방송까지 출연하고. 으으, 흑역사다 흑역사….'

평소 유튜브 댓글 읽는 걸 좋아하는 나는, 그들의 영상에 달린 댓글들을 습관적으로 눌러 확인했다. 모두 나와 같은 생각을 하겠지? 헤어질 줄도 모르고 이런 방송을 흑역사로 남겼다고 말이야. 알지 알지, 나도 프랑스 여행 사진을 절반이나 지워야 했는걸. 역시 함께한 순간은 절약해서 남겨야 한다구.

그러나 내 생각과 달리 영상에 달린 댓글들은 대부분 이런 반응이었다.

- 이 영상이 더욱 예쁜 건 진짜 가장 예쁘고 찬란했던 20대라는 것. 때도 안 묻고 진짜 서로가 좋아 어쩔 줄 모르는.

- 이거 볼 때는 내가 너무 어려서 잘 몰랐는데 지금 결혼하고 보니, 둘이 참 이뻤다. 정말로 귀엽고 순수하게 사랑하는 게 너무 눈에서 보였다. 남녀관계는 정말 모르는 거다. 저땐 둘이 어떠한 이유에서든 헤어질 거라 생각하지 못했을 것 같다.

- 눈물 날 것 같다는 말 뭔지 알 것 같다. 뜨겁게 사랑한 저 순간이 세상에서 제일 반짝거린다는 걸 시간이 지나서야 알게

되는 거.

 - 너무 슬프게만 보지 말아요, 결혼이 연애의 종착역은 아니거
   든요. 살면서 저런 연애를 저렇게 젊을 때 했다는 것만으로도
   너무너무 아름답고 좋은 기억입니다. 제가 당사자라서 잘 알
   아요. 너무 고마운 그 사람과 그 청춘의 추억이 고마워요. 저
   들은 그냥 저 시기에 저 아름다운 나이에 만날 인연이었던 겁
   니다.

  내 생각과는 사뭇 다른 댓글들을 읽고 나자 이유를 알 수
없이 코끝이 찡해졌다. 그 끝이 이별일까 봐 두려워하면서
애쓴 시간들은 어쩌면 정답이 아니었을까? 온전히 마음을
쏟아부은 시간은 결과가 어떻든 간에 행복한 하나의 선물일
수도 있었던 걸까? 아리송했다.
  오랜만에 외장하드를 털어보았다. 이미 오래전에 삭제해
버린 탓에 프랑스 여행 폴더에는 덩그러니 내 사진만이 남
아있다. 하지만 외장하드를 요리조리 살펴보면서, 내 무리
한 철칙의 피해자가 비단 프랑스 여행만은 아니라는 생각이
들었다. 본의 아니게 피해를 입은 대상은 또 있었다. 바로,
내 남편과의 추억들.

남편과 연애하는 동안 일본, 홍콩, 중국, 마카오 등등 제법 여러 곳을 여행했는데, 그 여행 사진에는 남편과 함께 찍은 것이 별로 없었다. 프레임에는 나만 들어있거나, 남편만 들어있었다. 어쩌다 같이 찍은 사진이라면 죄다 화질이 구린 핸드폰 셀카뿐이었다. 지나가는 사람에게 부탁해 함께 찍은 사진을 한두 장씩 남길 법도 한데, 남편을 좋아하면서도 언젠가 헤어질지도 모른다는 부담 탓에 강박적으로 아무것도 남기지 않은 것이다. 시간순으로 외장하드를 쭉 둘러보니, 남편과 비로소 함께 있는 사진을 남기기 시작한 게 신혼여행 때부터라는 걸 알게 됐다. 더 이상 헤어질 일이 없다고 확신이 든 그다음부터야 빗장을 열고 사진을 찍기 시작한 것이다.

나는 왜 누군가와 헤어지면 그 기억을 온전히 다 지워야 한다고 생각했을까. 댓글들처럼 꼭 결혼으로 이어져야만 그 사랑이 의미 있는 것도 아닌데. 그저 함께 보낸 시간 그 자체가 반짝여서 의미 있는 것인데.

물론 남편과 연애를 하다가 결국 헤어졌더라면, 나는 또 당시의 내 판단에 엄지를 치켜들며 "역시 우듬지, 똑똑하고 지혜로워. 이것 봐 내 사진으로만 가득하니 같이 간 티가 안 나잖아!"라고 했을지도 모른다. 하지만 결혼에 골인하고 결혼 전의 연애 사진들이 소중한 유물이 되어가는 지금으로선, "아니 연인인데 어떻게 셀카 빼고 같이 찍은 사진이 이렇게 없지?"가 되어버렸다는 거. 한때 신봉했던 철칙이 훗날 남편과의 소중한 순간들을 담지 못한 악습이 되어버릴 줄, 과거의 듬지는 몰랐던 게다.

만회할 수 있는 유일한 방법이 하나 있기는 하다. 그건 지금 내 곁을 지키고 있는 남편과 '앞으로' 더 좋은 추억을 많이 만들어나가는 일이다. 물론 내 육신은 연애 때보다 조금 나이 들었고 무모한 사랑을 하기엔 순수함에도 때가 좀 탄 상태지만은, 그래도 많이 찍고 많이 기록하자고, 덜어내지 말자고 다짐해본다. 내 남편과의 모든 순간은 앞으로 내가 살아가야 할 날들 중 가장 찬란한 날이 될 테니까 말이다.

그런 의미에서 날이 조금 선선해지면, 남편과 간만에 옷을 차려입고 화성행궁 나들이를 가보아야겠다. 귀찮음을 무릅쓰고서라도 지나가는 사람에게 부탁해, 다정하게 서 있는 우리 둘 사진도 찍어보아야지.

내 첫사랑,
교회 오빠 아니고
교회 남자애

요즘 애들은 너무도 조숙해서 초등학생 때부터 키스도 하고 성인 뺨치는 러브를 한다지만, 90년생인 나의 학창 시절엔 소위 '잘나가는' 애들 빼고는 수능을 볼 때까지 남학생이랑 말 한마디 섞어볼 일이 없었다. 잘나가기는커녕, 그런 애들의 옆에 앉아 연애 경험담을 턱 괴고 듣던 나로서는 당연히, 연애는 철저히 남 일이었다.

그런 내가 머리털 나고 처음으로 열렬히 좋아했던 애는, 친구를 따라 간 교회에서 만난, 아니 '보게 된' 한 남자애였다.

그때가 고1이었는지 고2였는지는 자세히 기억나지 않는다. 언덕 위에 있던 그 교회에서 내 친구에게 손을 흔들며

다가오던 그 남자애는, 조금 왜곡된 기억일 수도 있으나 마치 인터넷 소설에나 나올 것 같이 키는 멀대같이 크고 몸은 말라비틀어진, 지금으로 치면 '병약미美'가 넘치는 외형의 미소년이었다. 나는 곧바로 사랑에 빠졌다. 그리곤 믿지도 않는 하나님을 섬기며 열심히 교회를 나갔다.

그런데 그때 나는 왜 그랬는지 모르겠다. 고등학생 내내 줄곧 그 애를 짝사랑하면서도, 겨우 나 따위가 그 멋진 애를 좋아한다는 게 밝혀지면 비웃음을 살까 봐, 나는 일부러 다른 남자애들을 좋아하는 척했다. 그것도 아주 열심히. 그래서 그 소문이 그 애의 귀에 들어가 혹시라도 모를 질투심 같은 걸 유발하길 바라면서. 하지만 그런 허무맹랑한 논리로 내가 원하는 결과가 나올 리는 없었다. 그 애는 그런 내게 일말의 관심조차 없어 보였다. 내가 엄한 남자애들과 시답 잖은 연락을 주고받는 동안, 그 애의 눈에 나는 되려 "쟤는 참 온갖 남자애들을 좋아하네"로 비치기 일쑤였을 터.

하지만 이미 시작한 전략을 쉬이 포기할 수는 없었다. 그 애를 자극한다는 명목으로, 나는 그 애의 친한 친구들에게 좋아한다고 골고루 고백하고, 그 애가 보는 앞에서 일부러 다른 대학생 오빠들과 웃고 떠들어도 보았으나 역시나 번번이 실패했다. 그리고서야 뒤늦게 깨달았다. 어떤 난리부르스를 쳐도 그 애에게 난 되지 않는다는 걸.

그렇게 일방적인 짝사랑으로 그쳤던 고등학생 시절이 끝난 후 스무 살이 되었을 때. 별안간 그 애가 아일랜드로 유학을 간다는 얘기를 들었다.

인터넷 소설이나 로맨스 영화처럼 꼭 이런 애들은 어디론가 훌쩍 떠나버린다. 그때 완전히 나는 포기했다. 나 혼자 시작해서 나 혼자 끝난 내 어린 첫사랑. 그래도 함께 주고받은 것이 없으니 크게 마음 아플 일이 없었던 게 차라리 다행일까.

이제는 결혼하여 잘 살고 있는 서른 줄의 내게, 첫사랑이 누구였냐고 누군가 묻는다면, 나는 주저 없이 고등학생 때 그 애라고 말하겠다. "야 그래도 키스 정도는 해봤어야 첫사랑이라고 할 수 있는 거 아냐?"라고 누군가는 반박할지도 모르겠다. 하지만 희한하게도, 정작 첫 키스를 나눈 상대에 대한 기억은 휘발된 지 오래여도, 말 몇 마디 나눠본 게 전부인 그 애는 오래도록 기억에 남았다.

그래서인지 나는 어느 정도 플라토닉을 믿는다. 「진주 귀걸이를 한 소녀」에 등장하는 화가 '베르메르'가 하녀 '그리트'를 얼마나 사랑했는지도 그래서 알 것 같다. 어쩌면 한 번도 만져보지 못한 그리트에 대한 마음이, 아이를 여섯이나 줄줄이 낳아준 아내에 대한 사랑보다도 더 순수하고 절절했을지도 모른다. 병약미 넘치던 소년에 대한 내 마음이 그 비스무리한 감정이었던 것처럼 말이다.

지금도 몇 다리를 건너면 그 애의 소식쯤은 간단히 알아낼 수 있을 거다. 하지만 그 애가 아일랜드에서 언제 돌아와 지금은 무얼 하며 누구와 결혼해 살고 있는지, 아이는 있는지, 굳이 알아내고 싶지는 않다. 내가 기억하는 그 마지막 모습으로 기억하고 싶다는 어쭙잖은 욕심이랄까. 마치 하이틴 로맨스 영화의 한 장면처럼, 언덕에서 슬로우모션으로 손을 흔들며 내려오던 그 애의 첫인상을 아직도 생생히 기억한다. 양 볼에 깊게 패인 보조개, 쌍꺼풀 없는 눈, 까무잡잡한 피부, 길다랗고 마른 몸. 그러던 그 애가 매주 토요일 로또를 사는 맛에 사는 배불뚝이 아저씨가 됐더라는 건 왠지 믿고 싶지 않다. 그냥 내 기억 그대로 서랍 속에 잘 넣어두어야지.

그 애가 아일랜드로 떠나버린 뒤로 내가 교회에 나가는 일은 더 이상 없었다. 하지만 여러모로 힘든 시절이었던 그때, 나의 로망이 되어주었던, 나에게 눈길 한 번 주지 않음으로써 어쩌면 곱게 내 기억에 남아준 그 애에게 고맙다. 어디선가 건강히 잘 살고 있기를 바란다. 나의 첫사랑 B.

조금 비싼
다이어리로
퉁친 마음

K, 나는 그를 스무 살 즈음 한 극단에서 알게 되었다.

작가를 꿈꾸기 한참 전, 잠시 영화산업 종사자를 꿈꾼 적이 있었다. 그만큼 영화를 좋아했다. 배우가 되거나 영화감독이 되거나 시나리오 작가가 되거나, 그 셋 중 아무것도 안 되더라도 아무튼지 간에 영화 근처에서 숨 쉬겠다는 갈망이 짙던 때였다. 하지만 청소년의 몸으로 기똥찬 시나리오를 쓰거나 단편영화를 제작해 면접관들을 놀라게 할 만한 기적은 내게 일어나지 않았으므로, 나는 예술대에 진학하지 못했다. 그리하여 스무 살이 되던 무렵, 꿩이 아니면 닭이라도 잡자는 심산으로 베스트 프랜드와 함께 대전의 한 소극장에 기웃거리게 됐다.

연극에 대해 아무것도 모르는 친구와 내게 맡겨진 일은, 연극이 열리는 날 소극장에서 관객들의 입장을 돕는 일, 정산하는 일 등의 소일거리였다. 하지만 그것조차 영화산업 종사자가 되는 밑거름이라고 믿어 의심치 않았다. 스무 살은, 누가 뭐래도 모든 것들로부터 가능성이 무한한 나이었으니까.

하루는 극단에서 공동으로 주최하는 제법 큰 뮤지컬이 대형 아트홀에 유치된 적이 있었다. 지금껏 극단에 기웃거리면서는 본 적 없는 스케일이었다. 친구와 나는 들뜬 마음으로 스태프로 참가해, 관객의 입장과 쉬는 시간 그리고 퇴장을 도왔다. 단순한 일이었지만, 스태프라는 명목으로 뮤지컬을 공짜로 몇 번이고 관람할 수 있는 나름의 혜택이 주어졌다.

당시 그 뮤지컬 관계자 중에는 뮤지컬의 연출가였으며 연극배우이기도 했던 한 40세 남성분이 있었다. 뮤지컬이 열리던 동안, 아트홀에 매일같이 출근하면서 그 연출가분과 마주치는 일이 꽤 잦았다. 그는 불혹의 나이었지만 키가 180쯤은 되었었고, 예술인답게 뭔가 아저씨이면서도 아저씨 같지 않은 감각적인 이미지를 풍기는 사람이었다. 그만큼 옷도 젊게 입고 다녔고, 술을 좋아하는지 얼굴은 시커멓고 새빨간 술톤이었지만 양 볼에 커다랗게 보조개가 패어 미소가 무지 매력적인 사람이기도 했다.

그런데 무슨 이유에선지 모르겠지만 그 연출가는, 고작 스무 살이고 영향력 하나 없는 남루한 스태프일 뿐인 나에게 자주 말을 걸었다. 처음엔 너무나 거대한 어른이었으므로 대하는 게 어려웠었는데, 갈수록 친근하게 구는 그에게 차차 나도 편안함을 느끼게 되었다.

하지만 문제는 그가 점점 '어른'이 아닌 '남자'로 내게 어필을 해온다는 거였다. 이를테면 자꾸만 내게 문자를 보내오고, 예쁘다고 칭찬하고, 뮤지컬이 공연되고 있는 어두운 홀에서 내 손을 잡고, 또 내 손을 잡고, 또 또 내 손을 잡았더랬다. 성실하고 지속적인 호의에 내 마음은 꽃봉오리 피듯 활짝 피어갔다.

그러나 그의 의중을 '나를 좋아하는구나'로 여기기 시작할 무렵에는 안타깝게도 뮤지컬이 막을 내렸다. 공적으로는 다시 그와 볼 일이 없어진 것이다. 하지만 그는 뮤지컬이 끝난 뒤로도 계속해서 연락을 해왔고, 그와 나는 데이트라고 할 만한 몇 번의 만남을 이어갔다. 그 사이 그의 볼에 뽀뽀도 몇 번 한 것 같다. 어른의 세상에 사는 그에게 유치하게

"우리 사귀는 거예요?"라고 물을 수는 없었지만, 나는 그렇게 그와 연인이 된 거라고 생각했다.

그런데, 머지않아 갑자기 그는 연락이 뚝 끊겼다. 그보다 더 갑자기일 순 없었다. 무슨 일이 있겠지, 라고 생각했지만 점점 불안한 생각은 현실이 되었다. 심지어 8월, 내 생일이 있던 날까지도 그는 아무 연락이 없었다. 나는 처참한 심정으로 그가 떠났음을 받아들여야 했다. 비가 세차게 내리던 내 생일날, 답장이 오지 않는 곳에 문자를 보내며 서럽게 엉엉 울었던 기억이 난다. 성질이 나서 뒷동산에 올라가 마구 소리를 질렀던 기억도 난다. 내 인생 첫 실연이었다.

그 불혹의 연출가가 수작을 부릴 때 넘어가는 게 아니었는데… 사랑이 아닐 줄 예상했어야 했는데….

시간이 지나, 나는 다니던 극단에서 친구와 함께 배역을 받아 작은 연극을 치르게 되었다. 눈썹이 매우 짙고 살짝 통통하던 스물네 살의 오빠가 남자 주인공이었고, 나와 친구가 번갈아 가며 여주인공을 했다. 시간이 약이라고 나는 그 연출가 K를 자연스레 잊어가고 있었다.

그런데 몇 달의 연습 뒤 소극장에서 드디어 연극을 올리던 날, 잊었던 그 연출가 놈이 다시 내 기억을 헤집고 나타

났다.

"헤에엑! 어떡해 어떡해, K님 왔어!"

어여쁜 여주인공을 연기해야 했던 나는 그가 내 연기를 보러 왔다는 사실 탓에 심장이 그만 터져버릴 것 같았다. 하지만 스무 살에게서 찾아보기 힘든 프로의식을 힘껏 발휘해 나는 실수 없이 연극을 무사히 치렀다. 몇 안 되는 관객에게 완벽해 보이고 싶다는 마음보다, 그 망할 연출가 놈 앞에서 실수하기 싫다는 마음이 더 컸던 덕이었다. 아니 어쩌면 그 마음이 전부였을지도.

연극이 끝난 뒤, 그는 내가 지 바짓가랑이라도 붙잡을 줄 알았는지 부리나케 사라져 버렸지만, 우리 극단 사람들에게 선물을 남기고 갔다는 걸 알게 됐다. 별것도 아니었다. 조금 큰 문구점에서 급하게 샀을 법한 다이어리였다. 당시 유행하던 어여쁜 일러스트가 수놓아져 있던. 그런데 포장을 뜯고 난 뒤 내 다이어리와 자신의 다이어리를 번갈아 살펴본 친구가 내게 말했다.

"듬지야, 네 거가 훨씬 더 좋은 거야."

거기에 가격이 붙어있었는지까지는 기억이 잘 나지 않는데, 내 것이 조금 더 두툼하고 뭔가 더 비싼 느낌이 났었던 것 같기도 하다. 하지만 그게 뭐! 그래 봐야 다이어리 아닌가. 겨우 그깟 것에 의미부여를 하기는 싫었다. 비 내리던 내 생일날 생일 축하한다는 문자 한 통 보내지 않았던 그 매정함과, 좋아하는 척해놓고 해명도 없이 자취를 감춰버린 그 비겁함에 대한 사죄가, 고작 그 다이어리에 담겨있노라고 생각하자니 어이가 없었다.

물론, 난 그 다이어리를 쓰지 않았다. 어디다 처박아두었던가 내다 버렸던가 그랬던 것 같다. 그렇게 해서라도 그 염치없는 인간에게 나름의 복수를 하고 싶었다. 그렇게 또 시간은 흘러갔다.

시간이 더 지나 내가 그의 나이 불혹을 현실적으로 헤아릴 수 있을 나이가 되고, 그때의 분노도 희석되고 나니, 아주 조금은 알 것 같았다. 당연히 그때 그는 나와 진심으로 잘해 볼 생각 따윈 없었겠구나, 그저 호기심이었겠구나, 라는 걸. 그의 나이에 스무 살이 어떻게 보였을지는 이제 누구보다 잘 안다. 나는 '썸'을 이해하지 못하는 어린아이였던 거다. 어쨌거나 어른으로서 책임지지 못할 호기심으로 내게 상처를 줬던 건 명백한 그의 잘못이지만.

어쩌면 더 시간이 지나 내가 그때 그 연출가와 같은 나이가 되고 나면, 그도 그저 '애'였다는 걸 실감하는 날이 올까 무섭기도 하다. 나이란 언제나 그런 성질의 것이 아닌가. 먹고 보면 아직도 어른이 아닌 그런 것.

　지금쯤 그의 나이는 불혹도 아니고 지천명, 오십이 훌쩍 넘었겠다. 여전히 얼굴은 술톤일지, 머리는 하얗게 셌을지, 아직도 그 매력적인 액면가와 특유의 다정함으로 어린 여자애들을 헷갈리게 하는지, 가끔 궁금하기는 하다.

　다정했지만 비겁했던 연출가 K.

　나도 딱 그 다이어리만큼만 당신의 안녕을 바라겠다.

이별에도 보험을
드는 세상

평일 저녁, 남편과 꼭 챙겨보는 TV 프로그램이 있다. 바로 「연애의 참견」이라는 프로다. 일반인들의 이런저런 연애 고민을 사연으로 받아 네 명의 MC들이 의견을 나누고 조언을 해주는 프로그램이다. 그 프로그램을 보다 보면 참 많은 사람들이 연애 문제로 힘들어하고 있구나 새삼 느끼게 된다. 또 그만큼 무릎을 탁 치게 하는 별의별 사연들이 존재하기도 한다. 남의 연애를 제삼자의 입장으로 요리조리 뜯어보고 판결하는 것은 시청자의 당연한 즐거움이지만, 더러는 즐거움을 뛰어넘어 너무도 놀라운 사연으로 문화충격을 받는 날도 있었다.

사연 없음

이를테면 그날의 사연도 그랬다. 한 남성이 여자 친구 때문에 괴로워서 보낸 사연이었다. 사연인즉, 여자 친구가 자신과 헤어질 때마다 어떤 남자를 만나왔다는 것이었다. 처음엔 '서로 헤어져 있는 상태이니, 외롭고 힘들어서 누굴 좀 만났나 보다. 그랬기로서니 그게 뭐 문제야' 하고 생각하곤 했다는데…, 알고 보니 그의 여자 친구가 하고 있는 것은 일명 '이별 보험'이라는 신종 이별 극복법이었던 것.

이별과 보험이라. 익숙한 두 단어의 낯선 조합이 다소 기괴하게 느껴졌다. 이별 보험이란, 연인과 헤어졌을 때의 상실감을 대비하여 함께 지내는 이성의 존재를 일컫는 말이라고 했다. 그러니까 연인과 헤어진 그 슬픔과 충격을 완충하기 위해, 그때마다 자신을 위로해 줄 상대를 일종의 보험처럼 만들어둔다는 거였다. 와, 요즘 애들은 정말 이런 연애를 한다는 것인가? 입이 떡 벌어졌다.

놀라움을 금치 못하며 계속 들어보니, 사연을 보낸 남성은 여자 친구와 헤어져 있는 동안 그리움으로 괴로워하고 있었는데, 여자 친구는 이별 보험남과 함께 제주도에서 여행까지 한 것이 밝혀진다. 누군가를 잊기 위한 여행에 동반된 남자. 그것은 이별일까 새로운 연애였을까. 들을수록 기가 막혔다. 그 사실을 알게 된 남자 친구가 그 이별 보험이란 것에 대해 따져 묻자, 돌아오는 여자의 대답은 더욱 가관이다.

"헤어져 있는 동안인데 뭐 어때? 이건, 멋진 거야!"

그 말에 그만 탄식이 흘러나왔다. 아아, 멋진 거. 내가 조금 덜 힘들기 위해서 꾸며놓은 장치에 붙은 이름, 이별 보험. 그런데 거기에 '멋지다'는 수식어가 과연 타당한 것인가.

사랑했던 누군가와 헤어지는 건 정말 힘든 일이다. 왜 아니겠는가. 20대의 나 또한 누군가와 헤어지면 몹시도 견디기가 힘들어 소개팅을 줄줄이 받고, 클럽에 가서 정신없이 몸을 흔들고, 술을 왕창 마시면서 이별의 고통을 떨치려 몸부림쳤었다. 내가 아프지 않기 위해서. 상실의 고통을 하루라도 망각하기 위해서. 그래야지만 내가 버틸 수 있을 것 같아서였다. 나를 위한 일이니까, 어쨌든 내가 안 아픈 게 최선이니까, 덜 아플 수만 있다면 뭐든 쓸모 있는 방법이라고 여겼는지도 모르겠다. 하지만. 그러면서도 그 방법들이 멋지다고 생각해본 적은 단연코 없었다. 내 상처를 정면으로 마주 볼 용기가 없어서 하는 행동임을 스스로 알고 있었기 때문이다.

그런데 요즘은 한술 더 떠, 남자 친구랑 헤어질 때마다 애

완견처럼 달려와 나를 위로해주는 이별 보험이라는 존재도 있다니. 도대체 이별이 뭐길래, 다들 이런 편법을 하루가 멀다 하고 개발해내는 걸까.

이별 보험에 대한 신박하고도 경박한 이야기를 듣고 나니 왠지 영화 「콜 미 바이 유어 네임」의 묵직한 한 장면이 떠오른다. 실연으로 힘들어하는 아들에게 아버지가 조언을 해주는 장면으로, 내가 정말 좋아하는 별 다섯 개짜리 장면이다.

장면은 이러하다. 주인공 소년 '엘리오'는, 아버지의 연구를 돕기 위해 찾아온 한 손님을 사랑하게 된다. 손님은 잠시 머무는 존재였기에 사랑은 지속될 수 없었고, 짧고 강렬한 사랑을 경험한 엘리오는 그 상실감으로 힘들어하고 있었다. 그때 엘리오의 아버지는 열일곱 살 아들에게 이런 말을 한다.

지금 당장은 어떤 감정도 느끼고 싶지 않을 거야. 어쩌면 다시는 이런 감정을 느끼고 싶지 않을지도 모르고. 우리는 빨리 치유되고 싶어서 중요한 감정들을 너무 많이 망치곤 하지. 그래서 서른 살쯤이 되면 감정의 결핍을 겪게 된단다. 그러면 새로운 사람을 만날 때마다 상대에게 줄 수 있는 것이 점점 사라져 가. 아픔을 느끼지 않기 위해 스스로 아무것도 느끼지 못하게 만들다니... 그런 낭비가 어디 있니? 어떤 삶을 살든 그건 너의 자유야. 하지만 이것만 기억하렴. 우리의 몸과 마음은 단 한 번만 주어진 것이고, 미처 알아채기도 전에 우리의 마음은 닳고 닳아 버리게 된다는 걸. 지금 당장은 슬프고 고통스럽겠지만 그 감정들을 없애려 하지 말렴. 네가 느낀 그 행복했던 순간의 감정들까지도.

세상의 어떤 아버지가 실연을 겪고 있는 자식에게 그런 말을 할 수 있을까. 모름지기 "그까짓 거 빨리 잊어버려", "더 좋은 사람 만나게 될 거야"라는 말이 이별한 자에게 건네는 위로의 정석이 아니던가. 하물며 부모인데, 어떻게 하면 내 자식이 덜 아플지, 더 빨리 극복해낼지를 걱정하는 게 본능인 줄로만 알았건만…, 엘리오의 아버지는 오히려 충분히 아파하란다. 그 감정을 없애려고 하지 말란다.

헤아릴 수 없는 아버지의 지혜에, 소년 엘리오는 물론 나도 고개를 끄덕이게 됐다. 모르긴 몰라도 아버지의 말을 들은 이상, 엘리오는 성급히 다른 연인을 만나 억지로 정을 붙이고 잊으려고 머리를 조작하는 대신, 실연의 상처를 정면으로 바라보면서 아픔을 극복해 나갔을 것이다. 그것이 바로 아버지가 알려준 성숙하고 건강한 이별일 테니까. 누군

가와 헤어질 때마다 내게도 그런 말을 해주는 사람이 있었
더라면, 어쩌면 나도 더 바르고 말끔하게 상처를 꿰맬 수 있
었을까. 야속하게도 나는 모든 이별을 늘 콘크리트로 빠르
게 덮으며 삼십 대가 되었다.

우리는 왜 실연의 아픔을 축소하는 데에만 늘 혈안이 되
어있었을까. 끝난 사랑을 잘 정리하는 법과 최대한 빨리 잊
는 것은 전혀 다른 문제인데 말이다. 구불구불한 강을 깎아
직선으로 만드는 것이 능사가 아니듯이, 때로는 지나간 사
랑과 이별 또한 쾌속으로 떨쳐내는 것만이 답은 아닐 테다.
그렇게 빠르게 털어버린 상대들을 우리는 한때, 머리카락
한 올과 사소한 습관 하나까지도 사랑하지 않았는가.

시간이 흘러, 나와 결국엔 헤어졌던 연인들을 떠올려보
니 나 역시 결코 잘 헤어지지 못했다는 생각을 떨칠 수가 없
다. 그와 나는 분명 행복한 시간을 함께했는데…, 함께하는
모든 순간을 마음에 새기고 특별한 경험으로 간직하고 싶어
했는데…, 사랑한 만큼 크고 긴 이별은 온전히 겪어내려 하
지 않았다. 먼지를 털 듯 훌훌 잊을 수 있기만을 바랐다. 충
분히 아파하고 추억하는 것이 그들을 잘 떠나보내는 법이
될 수 있다는 걸 전혀 알지 못했기 때문에.

물론 나는 다시 그때로 돌아갈 수 없고, 이제는 생생함을

잃은 텁텁한 마음의 어른이 되었다. 마찬가지로, 지나간 인연들과 제대로 이별을 경험할 기회도 잃은 지 오래다. 하지만 그로 인한 깨달음만큼은 두고두고 기억하고 싶다. 그래서 언젠가 내가 아이를 낳고, 그 아이가 성인이 되어 이별을 하고 아파할 때면, 나도 엘리오의 아버지처럼 이렇게 말해주고 싶다.

　"지금 당장은 슬프고 고통스럽겠지만 그 감정들을 없애려 하지 말렴. 엄마는 너무 빨리 잊으려 노력했기 때문에, 결국 제대로 이별하지 못했거든."

사연 없음

비요뜨가 아니어도
좋아했을 거야

　대학교 1학년 여름방학 때 나는 집 근처의 한 작은 마트에서 아르바이트를 했다. DSLR 카메라가 너무 갖고 싶었는데, 당시 내가 살 수 있는 수준의 입문용 카메라가 알아보니 중고가로 40만 원 정도였었다. 여름방학 동안 알바를 하면 딱 그 돈을 모을 수 있겠다 싶었다.

　일은 편의점 알바와 흡사했다. 계산대에 서서 손님들이 갖고 오는 물건들을 계산해주고 봉지에 담아주거나, 납품업체 직원이 물건을 대러 오면 검수해주는 것. 다양한 업체들의 물건들과 진열 장면을 지켜보는 건, 시장의 세계를 전혀 몰랐던 내게는 꽤 재밌는 일이었다.

납품업체들은 인기나 유통기한에 따라 방문하는 시기가 제각기 달랐지만, 인기가 있으나 없으나 매일 와야 하는 업체들도 있었는데 그건 바로 '우유'였다. 잘 나가면 새 물건을 채워 넣어야 하니 매일 오고, 잘 안 나가면 유통기한 지난 물건을 회수하고 신선한 물건을 넣어야 해서 매일 오고. 아무튼 다른 업체와 다르게 매일 와야 하는 것은 분명했다.

나는 그중 빙그레 아저씨와 제일 친했지만, 자꾸만 눈이 가는 다른 우유업체가 있었다. 바로 서울우유. 다른 업체는 다 나이가 지긋한 아저씨들이 하는데, 서울우유만 파릇파릇한 내 또래 남자 직원이었던 것이다. 맘에 들었던 이성의 첫인상은 늘 하이틴 로맨스 속 남자주인공 등장 장면처럼 느리고 선명하게 자리 잡는다. 동글동글 브로콜리 같던 파마머리, 하얗고 깨끗한 피부, 짙은 눈썹, 두툼하고 새빨갛던 입술. 스물다섯이었던 그는 키가 작아서 그런가, 전반적으로 귀여운 인상의 오빠였다.

나는 그 오빠가 너무 귀여웠던 탓에, 그가 계산대 바로 옆의 우유 매대에 우유를 채워 넣는 동안 온 안테나를 그를 향해 뻗치곤 했다. 그가 우유를 다 넣은 다음 검수를 해달라며 검수 표를 내미는 순간에는 막 두근두근 대기도 했다. 최대한 아무 감정 없는 척 새침하게 "네, 다 맞네요." 하며 검수 표에 사인을 해주었지만, 막상 그가 가고 나면 검수 표에 적힌 그의 꼬불꼬불한 글씨마저 귀여워하며 혼자 키득키득하는 나날들이 이어졌다.

그러던 그가 어느 날부터 내게 비요뜨를 주기 시작했다. 처음엔 유통기한이 임박해서 버려야 하는 제품을 주는 거였는데, 말을 트고 제법 대화다운 대화도 하기 시작한 무렵부터는 아예 새 제품을 가져다주기도 했다. 당시의 비요뜨의 인기는 상당했다. 간편하게 톡 하고 꺾어 시리얼을 쏟아 먹는 그 신기방기한 요거트를 좋아하지 않는 이는 별로 없었다. 남자들의 이런 호의에 데인 경험이 있으므로 지나친 기대는 말아야 했지만, 입꼬리가 광대까지 치솟는 건 어쩔 도리가 없었다.

그러던 어느 날. 여느 때처럼 마트에 온 그가 갑자기 내게 물건을 진열하기도 전에 "저 오늘이 마지막이에요"라고 말했다. 헐, 뭐라고? 사정을 들어보니 이제 자신이 맡은 거래처가 다른 데로 바뀌어, 내가 일하는 마트에는 다른 직원이 올 거라는 거였다. 이 마트에 오는 업체 직원들 중 유일하게 귀엽고 사랑스러운 이 오빠를 다시는 못 본다니…. 벌써부터 내 알바의 온 즐거움을 상실한 듯 서글퍼졌다.

그는 자신이 뱉은 말이 나를 얼마나 서운케 했는지는 알지도 못한 채 묵묵히 매대에 물건을 채우고 있었다. 아… 그게 뭔진 몰라도 무슨 조치라도 취해야겠다 싶었다. 용기가 어디서 났는지는 모르겠지만, 나는 어느 드라마에서 훔쳐본 듯한 장면을 떠올려 그가 내민 검수 표에 재빠르게 내 전화번호를 적었다. 다른 메모까지 할 시간은 없었기에 정말로 딱 전화번호만을.

검수 표는 두 장으로 이루어져 있어 한 장은 내가 가지고 한 장은 업체가 가져가는 형식이었고, 윗장에 글씨를 쓰면 밑에 장에는 먹지가 묻어 윗장과 똑같은 글씨가 쓰이는 구조였다. 이 영리한 종이에 속기사보다 빠르게 내 전화번호를 적어냈다. 010-1234-5678.

주사위는 던져졌다. 그는 내 전화번호가 적힌 줄도 모르고 "안녕히 계세요"하고는 그 검수 표를 가지고 사라졌다. 이제 이 마트에는 영원히 나타나지 않을 그 귀여운 서울우유 오빠. 부디 내 전략이 통해야 할 텐데….

그리고 그날 저녁, 웬일로 하늘이 나를 친히 도왔는지 그에게 문자가 왔다.

전화번호가 적혀있어서요, 누구세요?

누구겠어 바보야! 어쩌면 그는 나일 걸 알면서도 지레 떠봤는지도 모른다. 나는 당당히 나라고 밝혔고, 그렇게 영영 못 볼 뻔했던 그 귀요미 오빠와의 연락이 시작됐다. 용기 있는 자가 미인을, 아니 미남… 아니 귀염남을 얻는 것인가! 나는 바로 그의 전화번호를 내 폰에 저장했다. "서울우유 오빠♡"라고.

어쩐지
사귀자는 말을
안 하더라

고등학교 시절 짝사랑했던 B는 홀연히 아일랜드로 떠났고, 성인이 된 내게 첫 호감을 보인 연출가 K놈은 비겁하게 잠수를 탔더랬다. 그리고 내게 드디어 최초의 풋풋한 사랑이 찾아왔다. 검수 표에 적어준 내 전화번호로 문자를 보내온, 서울우유 오빠! 그와 연락을 하며 자연스레 만나게 됐다.

스물다섯 살이었던 그에게는 나이 차이가 많이 나는 누나가 한 명 있었다. 그 누나는 결혼하여 남편도 있었는데, 서울우유 오빠가 일하던 그 우유 대리점이 바로 누나의 남편인 매형이 운영하는 곳이었다. 오빠는 원래 서울 사람이라고 했다. 대학을 자퇴하고 별생각 없이 지내던 처남이 걱정

됐는지, 매형이 그럴 바엔 그냥 자신 밑에서 일을 하라고 했단다. 그는 그래서 대전으로 내려와, 매형의 사업장에 딸린 작은 방에서 먹고 자며 우유 납품 일을 하고 있었다.

그의 직업은 중요치 않았다. 서울우유 오빠는 너무나 사랑스러웠고 늘 좋은 향기가 났다. 그를 안으면 그 달큰한 향기에 마음이 쿵쾅댔다. 그건 향수나 섬유유연제 향이 아니었다. 사람의 몸에서 본연히 나는 향이었다. 심지어 그는 흡연자여서 늘 담배를 피웠는데도, 담배 냄새마저 그의 체취에 섞여 한 번도 고릿하게 느껴지지 않았다. 그것마저 하나의 향처럼 느껴질 만큼 나는 그를 좋아했다.

나는 그의 영업용 차량 라보labo에 같이 앉아 일을 따라다니기도 했고, 평범한 20대 커플의 데이트처럼 여러 데이트를 했다. 영화 보고, 밥 먹고, 술 마시고. 그러나 그와의 시간이 무르익을수록 나의 이 설레는 연애담을 듣던 친구들이 하나같이 묻는 말이 있었으니.

"그래서 그 오빠가 사귀자고는 했어?"

당시엔 친구들이 왜 그리 '사귀자'는 구두 약속에 집착하는지 이해할 수 없었다. '오늘부터 1일' 따위의 유치한 말이 무슨 법적 효력을 가진 것도 아닌데, 대체 왜 그 어설픈 약속에 목숨들을 거는 걸까. 그냥 서로 좋아하면 그게 사귀는 거 아닌가? 하며 나는 콧방귀를 뀌곤 했다.

그런데 그 콧방귀가 무색하게, 서울우유 오빠를 두어 달 정도 만났을 무렵부터 왠지 모르게 마음이 초조해져 왔다. 분명 나는 그를 좋아하고, 그도 나를 좋아하는 건 맞는데… 그러니까 만나고 손도 잡고 뽀뽀도 하고 그러는 걸 텐데. 근데 그를 내 남자 친구라고 할 수 있을까? 내 폰 속에 저장된 명칭 「서울우유 오빠♡」를 「남자친구♡」로 바꾸고 싶은데, 그러려면 친구들 말대로 사귀자는 말을 꼭 들어야 하는 건가?

어느 날 그와 데이트를 마치고 그가 나를 집까지 배웅해 주는 길에 슬그머니 물었다.

"오빠, 근데 우리 사귀는 거야?"

아, 내 입으로 뱉어놓고도 촌스럽기 그지없었다. 뭐 물어보나 마나 사귀는 사이라고 하겠지. 그런데 한참을 머뭇거리다 흘러나온 그의 대답은 가히 충격적이었다.

"실은… 오빠 여자가 있어."

머릿속에 쿠궁, 하고 천둥번개가 내려치는 것 같았다.

알고 보니 그에게는 나보다 더 이전에 만난 오랜 여자친구가 있다고 했다. 그러니까 이건, 양다리였던 것이다. 그는 매번 친누나라고 했지만, '여왕마마'라는 이름으로 걸려오던 그 전화의 대상이 알고 보니 여자친구였던 거다!

　나 말고도 좋아하는 여자가 있다는 남자에게, 아니 나보다 더 오래전부터 좋아하고 있는 여자가 있다는 남자에게 내가 할 수 있는 말은 무엇일까. 스무 살의 혜안을 최대한 발휘해 그에게 나오는 그럼 어떻게 할 거냐고 물었다. 그는, 제법 명쾌하게 대답했다. 나는 '너도' 좋다고. 그 명쾌함에 하마터면 속을 뻔했다.

　그는 나를 좋아한다. 그런데 나'만'이 아니라 분명 나'도' 좋댔다. 그 말은, 내 연락처에 그를 「남자친구♡」로 바꿀 수 없음을 의미했다. 친구들에게 이 오빠가 내 남자친구라고 할 수 없음을 의미했다. 원래부터 사귀었다던 그 언니가 모르게 숨어 만나야 함을 의미했고, 언제나 내가 첫 번째가 아닌 두 번째 순서임을 의미했다. 한마디로 모든 자격을 박탈당한 사람.

　내가 양다리 대상이라는 걸 알면서도 나는 몇 번 그를 더 만났지만, 그러면서 그가 나를 더 좋아하게 되어 나에게 오기를 기대하기도 했지만, '너도 좋아해'라는 말은 영 나를 불편하게 했다. 유일한 존재가 되고 싶은데 유일하지 않다는 기분은, 그가 나를 좋아해 주는 것과 상관없이 나를 몹시도 초라하게 만들었기 때문에.

그제야 또래 친구들이 그렇게나 "너네 사귀는 거 맞아?"라고 집요하게 물었던 이유를 실감할 수 있었다. 그저 구두 약속일 뿐이지만 사귀자는 약속이 연인에게 필요한 이유는, 이런 일을 방지하기 위함이었던 것이다. 이 연애의 다리가 내가 생각하는 돌다리가 맞는지 두들겨 확인해야 내가 물에 빠지지 않는 거였구나.

당연한 결과였겠지만 그와 나는 얼마 안 가 헤어졌다. 나를 정말 좋아한다면 그 언니를 정리하고 내게 오라고 했지만, 그는 그럴 생각이 없었기 때문이다. 역시나. 다들 확인해보라고 아우성칠 때, 아니라고, 안전하다고 믿고 두들겨보지 않은 대가다. 나는 유일한 사람이고 싶었는데, 그는 내게 유일한 사랑을 줄 수 없었다. 그래서 우리의 짧은 만남은 그렇게 막을 내려야만 했던 것이고.

아직도 서울우유 오빠와 관련된 사랑스러운 기억들은 어렴풋이 내 어딘가에 남아있다.

꾸불꾸불하고 귀여운 글씨체.

내게 비요뜨를 건네던 그의 손, 몸짓, 표정.

톡 하면 넘어질 것 같던 그의 귀여운 영업용 차량 라보.

살냄새와 섞여 마치 향수처럼 퍼지던 말보로 맨솔 냄새.

하지만 내 스무 살의 여름날부터 늦가을까지의 기억에 살고 있는 그 오빠가 내게 준 선물은 따로 있다. 바로 '사귀자'라는 말의 필요성이다. 그가 그 말의 무게를 최초로 가르쳐 준 사람이었다. 그 오빠 덕에, 장미꽃 한 다발을 들고 와 무릎을 꿇으며 하는 고백까지는 아닐지언정, 적어도 서로가 연인관계임을 확인시켜주는 말을 반드시 들어야 한다는 걸 알았다. 그래야 반쪽짜리 사랑 말고 온전한 사랑을 할 수 있으니 말이다.

그가 여전히 서울우유 납품 일을 하고 있을지 어쩔지 모르겠다. 그의 이름도 얼굴도 이제는 가물가물하지만, 브랜드의 힘일까, 마트를 갈 때마다 보이는 서울우유와 비요뜨는 늘 그를 떠올리게 한다. 다행히 내 남편은, 파스퇴르 우유를 제일 좋아한다.

님아 그 연애의 강을
건너지 마오

   스무 살 가을, 서울우유 오빠와 헤어진 지 얼마 되지 않았을 무렵. 그 오빠를 알게 된 마트에서 다시 일해 달라는 연락이 왔었다. 친절했던 두 사장님과 그다지 어렵지 않았던 업무로 이루어진 환경이었던지라 고민할 게 없었다. 기분 좋게 수락했다. 역시 나를 어여삐 보셨구나! 나는 오후에 대학교 수업이 끝나면 저녁 늦게까지 그 마트에서 알바를 했다.

   찰나의 선택이 운명을 바꾼다는 말은 이럴 때 쓰는 것일까. 수년이 지난 지금도 나는, 그때 일해 달라는 그 제안을 거절했다면 내 연애의 판도가 어떻게 달라졌을지에 대해 생각한다. 바로 그곳에서 내 인생 가장 끔찍한 기억으로 남은 연애가 시작됐기 때문이다.

마트의 사장님은 쌍둥이처럼 닮은 젊은 형제분들이었다. 나는 두 분 중 큰 사장님을 좋아하고 따랐었다. 친근하고 밝은 성격이신 데다 나를 많이 예뻐하셨기 때문이다. 큰 사장님과는 달리 상대적으로 말도 잘 안 건네고 무뚝뚝했던 작은 사장님이 나를 므흣한 눈으로 지켜보고 있었다는 걸 알게 된 건 한참이 지나서였다.

그 시기의 모든 건 끔찍한 기억으로 버무려져 있다. 좋아하던 오빠에게 양다리를 당한 상처, 하필 그 시기에 갑자기 술을 마시자고 한 작은 사장님, 그걸 또 곧이곧대로 직원과의 친목쯤으로 받아들인 나. 그 요상한 술자리에서, 작은 사장님은 술을 마시더니 갑자기 날 좋아한다며 입술을 들이밀었다. 맹세코 단 한 번도 나는 이 어르신을 '남자'로 생각해 본 적 없었는데.

실연을 극복하지 못해 울고 있는 나에게 그는 "네가 세상에서 제일 예쁘고 난 네가 좋다"며 오래전부터 날 좋아하고 있었노라고 고백했다. 서울우유 오빠는 나를 맨날 못난이라고 불렀는데… 내가 제일 예쁘다고? 가여운 나는 이 말에 아주 단단히 홀리고야 말았다. 눈앞의 상대가 좋아서가 아니었다. 누군가와의 이별 탓에 자존감이 바닥을 치고 있었는데, 그 틈을 비집고 내 자존감을 치켜세워주는 인물이 등장한 것이다. 그게 나보다 스무 살 가까이 많은 남자가 아니라 고릴라나 화성인이었대도 아마 나는 받아줬을 것이다. 상실감이란 게 그토록 판단을 흐리는 위험한 감정이라는 걸 어린 나는 전혀 알지 못했으니.

나는 나의 고용주였던 그와 3년이나 만났다. 냉정해진 지금 그 감정을 분석하자면, 밑 빠진 내 자존감의 독을 채워주는 것에 대한 안도감 정도였을까. 그러나 그때의 나는 그것 또한 사랑의 일종이라 믿었다. 아니, 믿고 싶었다. 열 몇 살이나 어린 여자친구에게 간이고 쓸개고 다 빼줄 듯 굽신거리는 그와 있으면 세상 다칠 일이 없었기 때문이다.

하지만 그게 정녕 안정이었을까? 사랑이긴 했을까? 지금의 나는 두 가지 질문에 모두 고개를 젓는다. 서른둘의 나에게 타임머신이 있다면, 당장 그때로 돌아가 스무 살 듬지의 등짝을 몇 번이고 후려치며 흔들어 깨울 것이다. "이 미친것아. 그건 안정이 아니라 네 나이에 경험해야 할 정당한 사랑과 상처를 차단하는 방어 기제에 불과해" 하고 일침을 날리면서 말이다. 물론, 대개의 스무 살들이 엄마 말을 안 듣고 방황하듯 그때의 나도 그 말을 이해할 리는 없겠지만.

미래에서 서른두 살의 듬지는 타임머신을 타고 나를 혼내러 오지 않았고, 어린 나는 나이 든 남친과 음지에 숨어 그 병든 사랑을 이어나갔다. 내 또래 여러 남자애를 만나 건강한 사랑을 쌓아갈 기회를 엄격히 차단해가면서.

만약, 그가 많은 나이에도 불구하고 다분히 섬세하고 아름다운 결을 보여주었더라면 조금 나았을까. 하지만 불행히도 그는 그저, 어린 육체를 원하는 것 말고는 내게 별다른 감성을 보여주지 못하는 현실에 찌든 어른이었다. 그가 생각하는 데이트는 함께 할 일 없이 누워있는 것이었고, 그가 아는 음식점은 세숫대야 냉면집 아니면 뼈다귀해장국 같은 것들뿐이었다. 그는 영화예매도 할 줄 몰라서 키오스크 앞에서 늘 쩔쩔매는가 하면, 영화관에 들어가서도 코를 골며 자기 일쑤였다.

그래, 여기까진 삶에 지쳐버린 어른의 현실 연애라고 치자. 하지만 그뿐이 아니었다. 단지 '삶에 지쳐서'라고 이해하기엔 너무나 심각했던 그의 차 상태는 지금 생각해도 도저히 용납할 수가 없다. 기종이나 연식을 말하는 게 아니다. 하루 이틀 미룬 세차를 말하는 것도 아니다. 그는 정리정돈이라곤 모르는 사람으로, 먹고 남은 쓰레기를 모두 차 바닥에 버리는 기이한 습관의 소유자였다.

그의 차는 마트 일을 하기 위해 구매한 1.5톤 트럭이었는데, 차 안은 대체 언제 버렸는지 알 수도 없는 쓰레기들로 항상 가득했다. 쓰레기가 풍기는 찌린내는 당연히 딸려오는 덤이었고. 그래도 사람을 태우는 조수석쯤은 좀 청소를 해야 하지 않을까, 하는 생각은 그에게는 적용되지 않는 문제였다. 여자친구가 타는데도 발밑으로 수북이 쓰레기가 있게 내버려 두는 사람인걸.

아직도 기억이 선명하다. 하도 그가 쓰레기를 치우지 않길래, 언젠가부터는 내가 날을 잡고 대신 치워주기 시작했다. 먹다 구겨버린 캔 음료, 페트병, 영수증 나부랭이, 껌 껍질, 비닐봉지, 담뱃갑 등 세상 모든 쓰레기들이 그의 차 바닥에 있었다. 내가 날을 잡고 치워주는 날이면 그는 쓰레기를 담을 수 있는 커다란 봉지 하나를 가져다주곤 할 뿐 절대로 자발적으로 치우는 일은 없었다. 지금 생각해도 그 일을 왜 내가 해야 했는지 억울하지만, 못 참는 사람은 나였다. 불평을 하면서도 내가 치울 수밖에는 도리가 없었다.

치워도 치워도 금방 쓰레기장이 되어 버려, 치우려면 못해도 30분은 걸렸던 그 악명 높은 쓰레기 차. 그때 알았어야 했다. 그게 그 사람의 본질이라는 걸. 쓰레기로 붐비는 차 안처럼 그의 삶 또한 정돈되지 않고 있다는 것을. 그래서 마흔이 다 되어서도 한참이나 어린 여자애와의 불투명한 미래에 목숨을 걸고 있는 거란 걸. 최선을 다해 내게 잘해주는 것은 그저 어린 연인이 떠나갈 것 같은 불안에서 기인한 문제였을 뿐, 그는 나의 영혼을 공들여 사랑한 적도 없고, 본인의 여건에 맞는 사랑을 선택하는 지혜도 없었다는 걸 말이다.

내가 사랑하지는 않지만 나에게 무조건적인 복종을 선물하는 사람을 만나는 동안 서서히 나는 깨달아갔다. 상처받지 않는 것만이 내가 원하는 전부는 아니라는 것을. 안도감과 비례하여 내면의 불만이 쌓여가기 시작한 것이다. 서울우유 오빠와 했던 것 같은 풋풋한 데이트를 하고 싶었고, 함께 영화를 보는 그가 코를 골지 않길 바랐고, 차가 없어도 좋으니 차라리 깔끔한 사람이길 바랐으며, 누워서 보내는 허망한 주말 따위도 집어치우고 싶었다. 무엇보다, 주변에 떳떳하게 알릴 수 있는 그런 연애를 하고 싶었다. '그래도 그는 날 예뻐해. 내게 상처 주지 않으니까 괜찮아' 하며 합리화하던 모든 것들이 어느 날부터 지옥처럼 다가왔다.

그런데 왜 더 빨리 그 연애를 끝내지 못하고 3년이나 질질 끌었느냐고 묻는다면, 속이 터지겠지만 '헤어짐이 무서웠기 때문'이라고 답해야겠다. 게다가 나는 어떻게 헤어지는 건지도 몰랐다. 내가 먼저 누군가에게 헤어지자고 한 경험이 없었기 때문에 그 말을 뱉는 것은 내게 너무도 어려운 일이었다. 헤어지자는 말이 목까지 차올랐다가도 아무것도 모르고 웃고 있는 그 사람을 보면, 미안한 마음이 들어 번번이 그 말을 삼키기 일쑤였으니. 덕분에 그와의 시간들이 쓰레기 차와 뼈다귀해장국 같은 것으로 점철되어 내 영혼을 갉아먹고 있다는 걸 알면서도, 결단을 내리기까지 무려 3년이나 걸렸던 것이다.

그런 그와 헤어질 수 있는 절호의 기회는 스물세 살 여름에 찾아왔다.

안전 이별을
기원해

요즘 들어 이런 일이 자주 생기는 걸까, 아니면 그전에도 자주 있었는데 뉴스에 반영되지 않았던 걸까. 헤어지자는 연인의 말에 찾아가서 괴롭히고, 협박하고, 급기야 칼을 휘두르는 일. 요새 뉴스에서 참 자주 등장하는 이야기다. 이별 후의 상식을 넘어서는 이런 스토킹 행태를 두고 생겨난 마음 아픈 말도 있다. 안전 이별. 얼마나 무서운 일들이 횡행하면 이 지극히 자연스럽고 평범한 이별이란 단어 앞에 '안전'이란 말이 붙을까. 대체 얼마나 안전하기가 힘들면.

스물셋, 그 당시의 나에게도 모두가 안전 이별을 기원했다. 그런 단어가 생겨나기도 전이었다. 나보다 한참 나이가 많던 그 마트 아저씨는 나의 이별 통보를 받아들이지 못해 나를 오랜 시간 괴롭혔다.

헤어지고 싶은 마음만 굴뚝같았지 도대체 어느 시점에 어떻게 이별을 고해야 할지 몰라 전전긍긍하고 있던 어느 날. 나는 태어나 처음으로 친구들과 클럽이란 델 가게 됐다.

처음 발을 디딘 세상은 놀랍도록 화려하고 경이로웠다. 인공조명으로 가득한 공간, 귀가 터지도록 울리는 신선한 음악, 그 공간을 가득 메운 젊은 내 또래의 아이들. 나를 빼고 모두가 이 공간을 오래도록 향유한 듯 자연스레 몸을 흔들고 있었다. 신나고 설렜다. 난 왜 이걸 지금 알았지? 내 또래의 아이들로 가득한 그 공간에서 신나게 웃고 대화하고 춤을 추고 나자, 뭔가가 내 심장을 관통했다. 어떤 깨달음이었다.

'듬지야, 네가 지금 느껴야 할 것들은 이런 것들이야. 그 아저씨에게서 벗어나.'

쓰레기로 가득한 늙은 남자의 차를 치우고, 파스타나 스테이크 한 점 없는 데이트를 하고, 양지바른 곳이 아닌 쿰쿰한 곳에 숨어서 하는 연애. 나의 연애는 슬어도 슬어도 자라나는 곰팡이 같았다. 도무지 접점을 찾을 수 없는 극심한 세대 차는 물론이고 그걸 극복할만한 빛나는 감성 따위도 없는 남자와의 지루한 시간. 듣지야 그게 진정 네가 원하는 사랑이니?

그런 생각을 하는데 눈앞에 싱그러운 남자애들이 넘실거렸다. 내 또래를 만나고 싶다는 생각이 간절했다. 안전한 감옥 같은 그 아저씨에게서 죽도록 벗어나고 싶었다. 알아, 쟤들과 연애해도 상처받을 수 있겠지. 그치만 상처를 받아도 저런 애들에게 받고 싶어.

그다음 날인가 다다음날. 나는 마음을 굳게 먹었다. 직접 얼굴을 보고 말하면 매달리는 그를 뿌리칠 자신이 없어, 회사로 출근해 몇 번이나 마음을 가다듬고 문자를 보냈다. 이제는 정말로 그만하고 싶다고, 헤어지자고. 그 통보에 대한 그의 충격적인 첫마디를 기억한다.

나 죽는 꼴 보고 싶어서 그래?

불안전 이별, 스토킹의 시작이었다.

셀 수 없는 양의 전화와 문자가 오기 시작했다. 나는 모조리 씹었다. 내가 연락이 안 되자 그다음부터 그는 무작정 내 회사로 찾아오기 시작했다. 다행히도 당시 내가 다니던 회사는 내부인들만 아는 개구멍 같은 출입구가 하나 더 있었고, 퇴근할 때 언뜻 본 정문에는 매번 그의 트럭이 서 있었다. 나는 몇 달이고 그 개구멍으로 퇴근해야 했다.

하지만 그가 찾아올 수 있는 곳이 회사만은 아니었다. 늘 내려다 주던 나의 집. 그는 내가 살던 아파트 단지 앞에 차를 대놓고 기다렸다. 무서웠다. 일찍 나오고 늦게 들어가며 필사적으로 그를 피해 다녔다. 그래도 양심은 있었는지, 엘리베이터를 타고 올라와 가족과 함께 사는 현관문을 두드리는 일은 없었다. 어쩌면 자신도 알고 있었던 것이다. 자기보다 한참이나 어린 여자애를 스토킹하는 자신의 꼴이 얼마나 추하고 비이성적인지를. 자신이 얼마나 미숙한 사람인지를.

아무리 회사와 집 앞에 진을 치고 기다려도 나를 볼 수 없자 그는 방법을 바꿨는데, 이번엔 회사에 편지를 보내기 시작했다. 출근해 업무를 보다 보면 회사 입구의 경비아저씨에게서 전화가 왔다. 누가 뭘 맡기고 갔으니 찾아가라고.

말단 계약직 여자 사원인 내게 업무적으로 물건을 맡기고 갈만한 사람은 전무했던 상황. 받으러 나가보면 늘 그가 남긴 편지들이었다. 편지의 내용은 애절했지만, 애절하기만 할 뿐 아무런 희망도 없었다. 한 번은 저금통을 맡기고 간 적도 있었는데, 대체 떠나간 연인을 붙잡는데 돈이 무슨 의미가 있는지도 이해가 안 됐지만, 그 안에 든 돈의 액수가 가히 충격적이었다. 천 원짜리와 동전으로 이루어진 십만 원이었다. 그 사람 나이 마흔의 일이다. 나는 차라리 그게 종이학이나 거북알이었으면 좋겠다고 생각했다.

누군가가 나를 너무 사랑해서 매일같이 편지를 쓰는 일. 나를 생각하면서 모았다며 보낸 눈물 젖은 저금통. 겉보기엔 이보다 더한 순애보가 없었다. 그러나 그 편지를 읽어보면 그가 꿈꾸는 사랑이 얼마나 나와 어긋나는지가 드러났다. 편지에 쓰여 있던 것 중 가장 어이없는 구절은 이것이었다.

> 월 수입 천만 원 가능했다. 돈 많이 벌어서 네 엄마 가게도 차려주고 너랑 결혼도 하고 그럴 생각이었어. 널 행복하게 해줄 수 있었어.

천만 원과 내 엄마의 가게…, 난 그게 행복이라고 말 한 적 없는데? 이 남자는 내가 자신과 헤어지는 이유가 자신이 가난해서라고 생각하는 모양이었다. 마음이 돌아선 나를 돌리기 위해 자신이 얼마나 돈을 잘 벌 수 있는지를 일기처럼 써놓은 걸 보고 어처구니가 없었다. 자신을 만나면서 타락하고 있는 나의 꿈, 나의 미래, 나의 영혼. 그런 개념들은 그의 편지 어디에도 없었다. 그가 사랑한다는 나의 실체는 과연 무얼까? 젊은 육체 말고 뭐가 더 있긴 한 걸까?

편지로도 되지 않자 그는 내 친구들에게 문자를 보내기 시작했다. 듣지를 설득해달라면서. 고작 스물셋이었던 내 친구들은 아침에 일어나면 아저씨가 보낸 MMS 문자를 열어보며 하루를 시작해야 했다. (지금도 친구들에게 너무 미안하다) 그러나 그 장문의 메시지 안에 들어찬 글도 매한가지였다. 어쩌면 그는 영원히 자기 식대로 그 이별을 이해하는지도 모른다. 그 여자애가 원했던 건 월수입 천만 원이 아니라 깨끗하게 정돈된 삶, 양지바른 데이트, 섬세한 감성의 진실된 교류라는 걸. 어쩌면 죽는 그 날까지 깨닫지 못할지도 모를 일이다.

그 이후 나는 전화번호를 두 번이나 바꾸었다. 하지만 내가 사는 대전은 무척이나 좁아서 늘 그와 마주칠지도 모른다는 옅은 불안에 떨며 살아야 했다. 그의 트럭이 나를 찾으러 온 동네를 누비고 다니는 것만 같았고, 모르는 번호로 전화가 오면 그 사람일 것만 같아 받지 못했다. 십 년이 지난 지금은 다행히 고향을 떠나 물리적으로 완전히 그의 스토킹으로부터 해방되었지만.

그래도 사람의 기억은 참 질기고 무섭다. 가끔 누가 스토킹을 당해 죽었노라는 뉴스를 보면 그때의 감정이 시체처럼 떠오른다. 나는 운 좋게 살아있지만, 누군가는 끝끝내 죽기도 하는 일, 스토킹. 안전하지 못한 이별.

헤어지자는 말에 아무 미동도 없이 쿨내를 풍기며 받아들이는 연인, 그것도 그것대로 서운한 일이라는 거 안다. 하지만 스토킹 피해자로서 말하건대 헤어짐을 너무 잘 받아들이는 사람보다는 헤어짐을 죽도록 못 받아들이는 사람이 훨씬 무섭다. 그 사람이야말로 심각하게 자기중심적인 인간이기 때문이다. 이별로 인한 자신의 고통만이 제일 중요한 사람. 자신이 상대를 위협하고 있다는 걸 죽었다 깨나도 모르는 사람. 그리고 그걸 사랑이라고 이름 붙이는 사람.

시간이 지나, 뉴스에서 스토킹과 관련한 법안이 국회를 통과했다는 반가운 소식을 들었다. 지금까지는 10만 원짜리 경범죄이던 스토킹이 최대 3년 징역 또는 3,000만 원 벌금의 범죄가 된단다. 흉기 등을 휴대하면 처벌 수위는 더 높아진다고. 문득 그 아저씨가 이 뉴스를 봤을까, 하는 생각이 살짝 머리를 스쳤다. 다른 건 몰라도, 그 옛날 자신이 행한 것들이 사랑이 아니라 범죄에 해당하는 일이었단 걸, 지금이라도 깨닫기를 조심스레 바랄 뿐이다.

왕자를 사랑한
무수리

"내 눈에 흙이 들어가기 전엔 (그 애랑) 안될 줄 알아!"

주말극, 평일 연속극, 아침 드라마. 드라마의 장르를 불문하고 잊을만하면 등장하는 유명한 대사다. 보통 부잣집 도련님의 어머니 되시는 분께서 성에 차지 않는 며느릿감을 보고 내뱉는 말로 자주 쓰인다. 아직도 세상에 저런 사람이 있다고? 싶겠지만 나도 비슷한 경험을 한 적이 있다.

3년 동안 사귄 한 공대생 오빠가 있었다. 그는 이름만 들으면 누구나 아는 명문대에서 박사과정을 밟고 있었고, 학교의 타이틀이나 그의 학구열을 보았을 때 앞날이 창창할 것은 보증된 것이나 다름없었다. 명문대를 다니는 학생들

중에는 집안 대대로 학벌이 좋은 경우도 있지만, 내가 만난 공대생 오빠의 부모님은 매우 평범한 분들이셨다. 그래서 나는 그가 나와 비교도 안 되게 될성부른 나무였다는 걸 알면서도, 그와 나를 다른 세계의 사람이라고 생각해본 적은 없었던 것 같다.

그런데 평범한 가정 속에 태어난 매우 비범한 아들이었기에 오히려 부모님의 기대치가 더 대단했던 걸까. 공대생 오빠의 말에 따르면 그의 부모님은, 듣도 보도 못한 전문대학을 나와 계약직으로 일하고 있는 내 이야기를 들으시고는 교제를 심하게 반대하셨다고 했다.

맨 처음 그 사실을 알게 됐을 때의 충격은 너무나 컸다. 그와 내가 헤어지던 어느 날. 그에게 왜 우리가 헤어져야 하냐고 묻자 그는 전화기 너머로 이렇게 전해왔다.

"너랑 연애해서 결혼하고 싶다고 말씀드렸는데, 아버지가 상을 뒤집어엎으셨어. 듬지야, 넌 더 좋은 사람 만나야 해."

처음엔 어안이 벙벙했고, 그다음엔 심장이 터질 듯 뛰었으며, 나중엔 스스로가 한없이 초라하고 무기력하게 느껴졌다. 나를 잘 알지도 못하는 어떤 어른들에 의해 당한 부정. 내가 밥상을 뒤엎으면서까지 반대해야 할 대상이라고? 무슨 계급사회로 회귀한 것 같았지만, 분명히 현실에서 일어난 실제상황이었다.

그럼에도 나는 어떻게든, 그가 헤어짐에 관여하지 않았다고 생각하려 애썼다. 그 오빠는 나를 너무 좋아하는데 부모님이 반대하셔서, 그래서 어쩔 수 없이 눈물을 머금고 헤어지는 거라고 믿고 싶었다. 그러는 내가 너무 싫었지만, 그 오빠마저도 나를 부정하고 있다고는 차마 인정할 수 없었던 것이다.

하지만 오랜 시간이 지나, 그와 다시 재회하고 다시 헤어지기를 여러 번 반복하면서 깨달았다. 눈에 흙이 들어가기 전에는 나와 안된다고 생각하는 사람이, 공대생 오빠의 부모님이 아니라 그 자신이라는 것을 말이다.

물론 부모님도 나를 실제로 싫어하셨을 수 있다. 박사학위를 따고 나면 최소 대기업이라도 들어갈 유능한 자식인데, 별것도 아닌 여자애를 만나기보다는 비슷한 수준의 여자를 만나기를 바랐을 수 있다. 부모로서 충분히 가질 수 있는 그 욕심을 가지고 욕하고 싶지는 않다.

문제는 그저, 그였다. 보통 드라마에서는 아무리 무서운 어머니가 난리를 친대도 아들 쪽에서 중재를 하던데. 대부분 자식들은 자신의 연인에게 상처가 될까 부모의 완강한 반대를 전하지 않으며, 부모의 횡포로부터 보호해주려고 하고, 자신의 연인이 얼마나 괜찮은 사람인지를 부모에게 입증하려고 하지 않는가.

하지만 공대생 오빠는 거짓인지 아닌지 모를 그 말을 되려 나에게 생생히 전했던 거다. 부모님이 너를 싫어하신다고. 심지어 네가 성에 차지 않아 상을 뒤엎었다고. 그때는 그의 부모를 몰상식하다고 생각했지만, 시간이 지나 그 표면적 사실 뒤에 숨겨진 그의 진심을 읽을 수 있었다.

어쩌면 그는 나를 별로 지키고 싶지 않았던 게 아닐까. 자신의 부모에게, 내가 보기보다 괜찮은 애라고 설명하고 싶지 않았던 게 아닐까. 맞아, 부모님 말씀대로 걔는 좀 미래가 없어, 대학도 그저 그렇고 언제까지 계약직을 전전할지도 모르겠어. 그는 자신이 나와 헤어지고 싶은 이유에 부모님의 의견을 덧대면서 스스로의 짐을 덜고 싶었는지도 모른다.

안타깝게도 그 사실을 감당하기에 그 시절 내 자존감은 그리 탄탄하지 못했다. 연애해본 사람이라곤 양다리 걸친 오빠와 나이 많은 아저씨가 전부인데, 이제야 내가 온전히 사랑할 수 있는 상식적인 관계의 사람을 만났다고 생각했는데, 태어나 처음으로 모든 걸 다 주고 싶은 사랑이었는데… 그 대상이 '너는 자격 미달이야'라며 나를 떠나가고 있었다. 온 지구가 나를 벼랑 끝으로 떠미는 느낌이었다.

'이럴 때 드라마 여주인공들은 미련도 없이 씩씩하게 잘 만 살아가던데. 난 왜 그렇지 않지…? 왜 이렇게 비참하지?'

내 기분과는 달리 몹시도 따뜻한 햇볕이 내리쬐던 어느 날, 나는 뭔가에 홀린 듯 무턱대고 수면유도제 60알을 집어 삼키곤 응급실에 실려 갔다. 다행히, 지금 살아서 이 글을 쓰고 있으니 짐작했겠지만, 60알의 약은 치사량에도 한참 못 미치는 수치였다. 하지만 흔히 '자살 기도'라고 불리는 이 해프닝은 당시 내 몸의 이곳저곳을 상하게 했다. 간 수치 가 급격히 치솟았고, 이미 소화된 일부의 수면제 성분들은 나를 몽롱하고 느릿하게 만들었다.

병원에서 눈을 떴을 때, 나를 혼내기는커녕 쓰다듬으며 울먹이는 엄마의 얼굴을 보자 그제야 대체 내가 무슨 짓을 했는지 깨달을 수 있었다. 나는 내가 너무 좋아하는 어떤 오 빠를 잃는 것이 두려워, 엄마가 나를 잃을 뻔하게 만든 것 이었다. 이런 불효녀가 또 있을까, 울 엄마가 피땀 흘려가며 소중히 키워낸 딸인데… 어떤 남자애 하나가 나를 부정했다 는 별것도 아닌 사실 하나 때문에, 나만 보고 살아가는 가여 운 엄마를 떠나려 했다니.

위세척을 하고 깨어난 나는 서서히 일상으로 돌아갔고, 어떤 일이 있어도 다시는 죽으려는 생각은 하지 않겠다고 다짐했다. 건강이 돌아오는 동안 놀랍게도 공대생 오빠는 내 곁을 지켰다. 하지만 그와의 연애가 달라지는 일은 없었다. 그는 내가 죽지 않기를 바랐지만, 그게 다시 나와 잘해보고 싶고 나와 미래를 함께하고 싶다는 뜻은 아니었기에. 하물며 그에게 난 이제, 자신의 전도유망한 미래를 방해하는 보잘것없는 여자애일뿐더러 자신 때문에 죽을뻔한, 더할 나위 없이 부담스러운 존재가 되고 만 것이다.

내 심신이 회복되자 자연스레 그는 다시 이별을 통보했다. 그때와 같은 이유였다. 그리고도 우리는 다시 몇 번을 재회했고, 그리고 또다시 헤어졌다. 내가 그에게 견주는 사람이 되기 전에는 바뀌지 않을, 어떤 굴레였다.

지지부진한 연애의 끝에 마지막으로 그와 헤어지던 날에는, 더는 그를 잡지 않았다. 이미 그를 향해 쏟아부었던 내 사랑이 고갈되어 바닥을 드러낸 상태였고, 잡는다고 해도 또다시 그가 나를 떠나갈 것임을 온몸이 알고 있었기 때문이다. 내가 찾지 않자, 그쪽에서도 당연히 다시 연락하는 일은 없었다. 참으로 모질고 긴 연애였다.

그로부터 제법 오랜 시간이 지나 그와 한 번 다시 만난 적이 있었다. 우리는 함께 저녁을 먹었다. 그때의 감정은, 모로 보나 다시 그와 잘해보고자 하는 마음은 아니었던 것 같다. 그저 한때를 같이 공유했던 사이로 서로의 근황만이 오고 갔다. 그는 새 여자 친구가 생겼다고 했다. 내 자존심이 상할 것 같아서 차마 뭐 하는 분이냐고 묻지는 못했지만, 같은 대학원 후배의 사촌이라고 하는 것으로 보아 아마도 그토록 원하던 자신과 비슷한 위치의 상대인 듯했다. 나와는 달리 4년제 괜찮은 대학을 졸업하고 꽤나 미래가 반듯해 보이는 그런 여자. 그도 원하고, 그의 부모도 원할 그런 여자. 밥상을 뒤집어엎지 않아도 되는 여자.

이상하게도 전처럼 주체할 수 없는 그리움이나 질투 같은 것이 치솟지는 않았다. 정말로 그의 축복을 빌어주고 싶었다. 환대 속에서 연애하고 환대 속에서 결혼할 그의 삶을, 이제는 그를 완전히 내 삶에서 분리할 수 있게 된 '전 여자 친구'로서 진심으로 응원해주고 싶었다. 어쩌면 그게 내가 그에게 해줄 수 있는 최고의 선물이자 복수라고 생각하면서.

그는 자신이 꿈꾸었던 미래를 살고 있을까. 좋은 곳에 입사해, 좋은 배경을 가진 배우자와 함께, 누구에게 보여도 부끄럽지 않은 삶을 장식하며 행복할까. 그가 바라는 여자 친구가 될 수 없었고, 그래서 그와 함께할 수 없었던 스스로를 오래도록 탓하던 나는 어느새 그를 잊고 내 행복을 찾아 잘 살고 있다.

살아보니 그는 왕자가 아니었고, 나 또한 무수리가 아니었다. 그 사실을 깨닫는데 너무나 많은 시간이 걸렸지만.

사랑은 항상
영향을 끼치기
마련이죠

　요즘 즐겨보고 있는 넷플릭스 드라마 「베르사유」를 보면, 프랑스 역사에 큰 자취를 남긴 태양왕 루이 14세가 여인들로부터 얼마나 많은 영향을 받았는지를 실감하게 된다. 그는 역사에 길이 남을 베르사유를 탄생시킨 장본인이며, 엄청난 카리스마로 귀족을 통제하고 화려한 왕실 문화를 양산해 낸 실로 대단한 왕이었다. 그러나 한편으로는 자신이 만나던 여인들과의 사랑에 크고 작은 영향을 받을 수밖에 없었던 한 남자였다는 점이 사뭇 놀랍다.

　공식 왕비였던 '마리 테레즈'를 제외하고, 루이가 만났던 여인들은 크게 세 명으로 나뉜다. 첫째는 '헨리에타'라는 여성이었는데, 그녀는 요절한 데다가 살아생전에도 성품이 고왔기에 루이와 대립하거나 그에게 악영향을 끼치는 일은 크게 없었던 것으로 보인다. 문제는 그다음부터다.

십 년이 넘는 시간 동안 왕의 총애를 받는 정부였던 '몽테스팡' 부인. 몽테스팡은 유부녀의 신분으로 왕과 불륜을 저질러 정부 자리에 오른 여인으로, 야망이 엄청난 데다 입김도 셌다. 하지만 그녀는 프랑스의 앞날을 생각하거나 왕의 안위를 걱정하는 지혜로운 여인이 못 되었기에, 그의 입김은 대부분 왕에게 해로웠다. 숙종에게 장희빈이 있었다면 루이에게는 몽테스팡이 있었던 것.

루이는 몽테스팡과 함께하던 시간 동안 왕을 진심으로 아끼는 각료들의 말을 무시하고 망나니처럼 굴었다. 그러나 왕의 총애를 받으면서도 몽테스팡 부인은 점점 더 표독스러워졌고, 종국에는 왕의 사랑을 독차지하고자 아이를 살해해 제물로 바치는 등 기이한 행각을 벌이면서 신임을 잃고 말았다. 서로가 서로에게 완전히 악영향을 행사한 사랑이었던 것이다.

마지막 정부인 '맹트농 부인'은 루이 14세에게 또 다른 영향력을 행사한다. 다행히도 그녀는 신앙심이 두텁고 지성적이며 올곧은 인물이었고, 그녀와의 사랑에서 루이 14세는 안정감을 많이 느꼈던 것으로 전해진다. 하지만 가톨릭에 심취해있었던 맹트농 부인의 영향을 받아 루이는 또 한 번 실수를 저지르고 만다. 프랑스 내에서 자라나던 개신교 세력을 박해하기 시작한 것이다. 루이는 '하나의 국가, 하나의 종교'를 외치며 개신교 세력들을 폭력적으로 대했고, 나중에는 종교의 자유를 보장하는 낭트 칙령*을 폐지하기에 이른다. 그 배후에 맹트농 부인의 입김이 없었다고 할 수는 없을 것이다.

　루이 14세와 정부들의 관계가 이렇게 정치에 고스란히 스며들었던 것을 보며 새삼 깨닫게 되는 것은 다름 아닌 사랑의 영향력이다. 무릇 왕이란 존재는 어떤 외압에도 흔들리지 않고 굳건한 존재인 것처럼 비치지만, 실은 왕의 곁에 어떤 여인이 있느냐에 따라 궁의 분위기도, 왕의 자세도, 나라의 운까지도 변한다고 생각하면, 사랑의 영향력이란 게 참 얼마나 대단한 것인가를 느끼게 되니까. 그간 X-boy들을 만나며 나는 또 어떤 영향을 주고받았는지를 괜스레 생각해보게 되는 대목이기도 했다. (앗, 물론 나는 왕은커녕 착실

---

* **낭트 칙령** 1598년 4월 13일 프랑스의 왕 앙리 4세가 낭트에서 공포한 칙령. 신교파인 위그노에게 조건부 신앙의 자유를 허용하면서 약 30년간 지속된 프랑스의 종교전쟁(일명 위그노 전쟁)을 종식했다는 점에서 의의가 크다.

사연 없음

히 세금을 내는 일개 조그만 시민에 불과하지만 말이다.)

스무 살. 나이 많은 연인을 만날 때의 나는, 오랜 시간 아무런 영혼의 성장을 느끼지 못하고 괴로워했었다. 어른인 그가 보여주고 제시하는 세상이 너무나 우울했기 때문이다. 그는 이미 너무 많은 것을 경험하고 녹초가 된 사람이라서, 내가 꿈꾸는 희망적인 것들을 무너뜨리기 일쑤였다. 그런 그와 행여라도 맺어졌더라면 내 앞날이 얼마나 어두웠을지는 차마 생각하기도 무서울 지경이다. 20대 초반에 결혼하고 출산해, 작가는커녕 그 어떤 직업적 꿈도 꿔보지 못하고 주저앉았을지도 모른다. 더불어 하루가 다르게 노쇠해가는 배우자를 견디지 못하고 우울의 나락에 빠졌을지도 모를 일이다.

반대로 내가 그에게 끼쳤을 영향력 또한 그리 긍정적이지는 못했을 터다. 현실감각이라곤 없는 꿈에 부푼 20대 어린 연인이 얼마나 버거웠을까. 더는 꿈꿀 미래가 없이 지루한 현실만이 존재하는 어른 남자와, 가진 것이라곤 가능성과 젊은 육신뿐인 여자아이의 만남. 그것은 피차 서로에게 아무런 시너지도 청사진도 제시할 수 없는 만남이지 않았을까.

내게 두 번째로 큰 영향을 끼친 연인, 공대생 오빠는 어떨까. 젊고 유능한 그를 만날 때의 나는 짐짓 행복했고 짐짓 불안했다. 그는 너무 빛나지만 혜량이 부족한 사람이었고, 그래서 연인을 자주 주눅 들게 하는 남자 친구였기 때문이다. 그 탓에 끊임없이 자존감이 낮아져 스티커처럼 납작해지고 나서야, 그와의 사랑도 내게는 좋은 영향이 될 수 없음을 깨달았다.

야망이 컸던 그에게 내가 끼친 영향력도 당연히 좋지 않았다. 나는 끊임없이 그의 사랑을 갈구하면서 그의 시간을 빼앗고 애정을 의심하며 불안해하는 존재였고, 그런 내 모습에 그는 서서히 녹초가 되어갔으니까. 모든 총력을 자신의 성공에 쏟아부어야 하는 남자에게, 애정을 지속적으로 확인시켜줘야 하는 여자 친구는 얼마나 큰 방해물이었을 것인가. 더불어 자신과 어깨를 견주기엔 내 여건이 턱없이 모자라다는 점도 그를 무척이나 힘들게 했을 테고 말이다. 그러니 그와의 사랑에서도 우리는 서로가 서로에게 긍정적인 시너지를 줄 수 없었음은 마찬가지다.

사랑은 이토록 인생에 절대 가볍지 않은 어떤 족적을 남기는 것. 여인의 치마폭에 싸여 이리저리 왔다 갔다 했던 루이 14세처럼, 우리 모두는 전혀 모르던 완전한 '남'을 가장 내밀한 관계로 받아들여, 그와 끊임없이 영향을 주고받는지도 모른다.

한때 나는 나를 우울의 늪에 빠뜨렸던 내 지난 연인들을 몹시도 원망했다. 너 때문에 내가 그렇게 힘들었고, 너만 아니었으면 그렇게 되지 않았을 텐데 하면서 말이다. 내가 받았던 부정적인 기운들을 모두 과거의 연인들을 탓하며 참 오랜 시간을 보냈더랬다.

하지만 더 시간이 지나 돌이켜보니 그들에게 나 또한 좋은 영향력을 준 적이 없더라는 사실을 깨닫게 되어 자못 부끄러웠다. 그러니까 그때 그 사람과의 사랑이 그토록 불행했던 건, 그도 나도 똑같이 미성숙한 자아의 소유자였기 때문이라는 걸, 그래서 아무리 함께해도 서로를 고갈할 수밖에 없었다는 걸 알게 된 것이다. 우리가 조금 더 성숙했더라면 그렇게 서로를 할퀴기만 하는 일은 없었을 텐데. 뒤늦은 후회와 성찰로 그때의 사랑을 조용히 재해석하고 있을 따름이다.

나는 한때 몽테스팡 부인이었고, 한때는 맹트농 부인이었고, 또 지금은 이전과는 또 다른 성정의 인간으로 내 남편을 흔들고 움직이며 살아가고 있다. 여전히 누군가에게 끊임없이 영향력을 행사하며 살아가는 존재지만, 그래도 나의 결혼생활은 예전의 연애들보다는 훨씬 성숙한 모습을 띠고 있으니 한 단계 진일보했다고 봐도 되겠지? 미약하지만 조금씩 조금씩 과거의 연애들을 통해 배우고 닦은 지혜를 이번 결혼생활에 적용하며 살아가는 요즘이다.

나를 스쳐 간 지난 연인들도 지금은 행복하기를 빈다. 서로가 서로에게 인연은 아니었지만, 그들이 더 성숙한 자아가 되어 더 행복한 사랑을 쟁취했기를 바란다. 그들에게서 벗어난 나 역시, 그때와는 비교할 수 없을 만큼 탄탄하고 안정적인 사랑 속에 지내고 있으니까.

함께해도 혼자여도
괜찮은 나

　재스민은 아름다운 외모의 여성이다. 그리고 그녀의 남편은 엄청난 재력가다. 그런 남편 덕에 그녀는 주기적으로 값비싼 보석을 선물로 받을 수 있고, 몸매관리를 할 수 있고, 명품을 두르고 친구들과 쇼핑할 수 있었다. 남편 수입만으로도 충분하니 일을 하지 않아도 되는 건 물론이다.

　그러던 그녀의 삶이 곤두박질치게 된 건 남편과 이별하면서부터였다. 재스민은 우연히 남편의 외도를 알게 된 후, 괘씸한 마음에 남편의 사기행각을 경찰에 찔렀더랬다. 남편이 체포됨으로써 자신을 배신한 것에 대한 보복은 할 수 있었지만, 안타깝게도 재스민은 결혼생활이 풍비박산 난 이후의 삶에 대해서는 생각지 못한 모양이다. 직장도 없고, 든든한 친정이 있는 것도 아니고, 여러모로 재스민은 남편 없이는 생활할 기반이 전혀 없는 여성이었는데….

그렇게 재스민은 상류층의 삶에서 속절없이 추락한다. 평소 깔봤던 가난한 이복 여동생의 집에 얹혀서 잘나가던 시절을 그리워하는 재스민의 모습은, 마음이 아프고 또 울적했다. 나는 그녀가 다시 일어서기를 바랐다. 이제라도 마음을 고쳐먹고, 자신의 힘으로 독립적으로 살아갈 수 있는 건강한 방법을 모색하기를. 돈은 많지만 사기꾼이었던 남편 따위는 잊고, 허세로 찌든 상류층의 삶도 접고, 자신만의 단단한 삶을 제대로 가꿔나가기를 바랐다.

그러나 재스민이 택한 방법은 안타깝게도, 다시 부자를 유혹하는 것이었다. 자산이라곤 수려한 외모밖에 없던 그녀. 한 파티에서 만난 남성 정치인이 자신의 외모에 반해 관심을 보이자 그녀는 자신을 가구 디자이너라고 속이며 데이트를 이어나간다. 보아하니 그 정치인, 야망도 크고 재력도 제법인 듯하다. 다시금 상류층으로 진입할 기회라고 생각한 재스민. 그녀는 전남편의 돈으로 사 모은 샤넬을 두르고, 있지도 않은 클라이언트와 미팅을 하는 중이라며 혼신의 연기를 펼쳐나간다. 하늘이 도운 것일까. 진실을 모르는 정치인 남성은, 상류층에 얼굴까지 아름다운 가구 디자이너 재스민에게 안달이 나서는 결국 그녀에게 청혼을 하게 된다.

영화 「블루 재스민」의 내용이다. 재력가 남성들에게 기생하는 삶을 열심히도 도모하는 재스민을 보며, 나는 내가 재스민의 편인지 아닌지 내내 혼란스러웠다. 재스민은 분명 주인공인데, 그래서 주인공이 행복해야 관객인 나도 행복해지는데, 그녀는 도무지 건강하게 상황을 이겨나가지도 못하고, 결과적으로 행복해지지도 않기 때문이다.

고백하건대 나도 재스민 같은 삶을 희망해본 적이 있었다. 얼마나 편안한 삶인가. 웬 돈 많은 남성이 내 미모에 반해, "손에 물 한 방울 안 묻혀도 되니 내 와이프가 되어 내 돈을 펑펑 쓰며 살아 달라"고 애걸복걸한다면. 결혼해서도 살림은 가정부에게 맡겨두고서, 친구들을 만나 수다 떨고 쇼핑하는 낙으로만 일상을 채우며 살 수만 있다면. 한 번쯤은 이런 신데렐라의 주인공이 되는 상상을 어찌 해보지 않았겠는가.

그러나 영화 속 상황은 재스민이 그런 쉬운 삶을 꿈꾸는 걸 자꾸만 훼방 놓는다. 결국 그녀는 몰락한 상류층임이 발각되어 버림을 받았더랬다. 잔뜩 번진 화장에 겨드랑이가 흠뻑 젖은 몰골로 울먹이며 길거리를 걷는 재스민의 모습은 전에 없이 처량해 보였다. 차도 없고 직장도 없고 돈도 없이, 몸을 떨며 어찌해야 할 바를 모르던 그녀. 재스민의 불행에는 마음이 아팠지만, 그것과는 별개로 다시 한번 그녀를 응원해봐야 할지는 심각하게 고민이 되는 바였다.

재스민의 반대편에는 자립심 강한 여자들이 있다. 남자의 재력에 기대지 않는 여자들, 스스로 살아갈 능력이 너무나 충분해서, 자기충족감이 너무나 높아서, 남자를 의존할 대상이 아닌 독립적인 개체로 대할 수 있는 여자들. 그래서 때때로 눈이 높다는 오해를 사는 여자들. 나는 언제나 그런 여자들이 부러웠다. 아주 오랫동안 나는 자기충족감이 매우 부족한 사람이었기 때문이다.

20대 중반까지 나는 늘 불안했다. 직업적으로도 능력이 없었고, 집안이 좋은 것도 아니었고, 그렇다고 이 모든 걸 상쇄할 만큼 자존감이 탄탄한 사람도 아니었다. 나는 늘 이성에게 기대고 싶어 했다. 진취적으로 내 삶을 개척하기보다는 누군가가 나를 이끌어주기를 바랐고, 더 나아가 남자들이 나를 배우자감으로 선택해 줄지에 대한 염려가 매우 짙은 나머지 스스로를 '괜찮은 신붓감'으로 포장하기에 급급했었다. 어디서 본 건 많아서, 나도 혼자서 잘 먹고 잘 사는 유능한 여자가 되고는 싶은데, 그래서 연애하지 않아도 불안하지 않은 멋진 여성이 되고 싶은데…, 그게 마음처럼 되지는 않았다. 그때의 나는 어쩌면 재스민과 다를 게 없었는지도 모른다.

그러던 2018년, 내 나이 스물아홉에 처음으로 내 이름으로 된 책을 엮었을 때. 그때 처음으로 내 마음가짐에 변화가 일어났다. 작가가 꿈이었던 나는 그간의 습작을 모아 한 권의 책으로 만들었는데, 그때의 그 뿌듯함을 지금도 또렷이 기억한다. 책이라고 부르기도 민망한 결과물이었지만 그건 중요한 문제가 아니었다. 단돈 5만 원을 벌었더라도, 내가 내 힘으로 나의 노력과 열망을 증명한 무언가가 생겼다는 것 자체로 대단한 경험이었으니까. 누구도 기억하지 못하는 아주 작은 출간이었지만, 그 일이 내게 가져다준 효능감은 실로 놀라운 것이었다. 삶에 대한, 연애에 대한 내 자세를 완전히 바꾸어놓았기 때문에.

책을 낸 이후로 나는 난생처음 스스로에 대한 긍지가 생겼다. 왠지 도끼병 같지만 나를 멋진 여자, 꿈을 이뤄가는 여자라고 생각하게 되었고, 늘 남자친구의 인정을 통해서만 자존감을 채웠던 자아에서 벗어나 스스로의 충족감과 효능감에 집중할 줄 알게 되었다.

스스로를 바라보는 모습이 변화하니 연애에도 그 태도가

영향을 미쳤다. 그전까지는 누군가가 비루한 나를 사랑해주
길 오매불망 기대하고 불안해하던 여자친구였다면, 효능감
과 충족감이 높아지면서부터는 상대에게 사랑을 구걸하지
않는 독립적인 여자친구가 된 것이다. 스스로에 대한 힘이
생기니 연애 때문에 일상이 요동치는 일이 줄어들고, 연애
가 평화로우니 내 삶의 질이 덩달아 높아지고. 그야말로 선
순환이었다.

선순환은 거기에서 그치지 않았다. 편안한 마음가짐으로
만난 한 연인과는 안정된 연애를 거쳐 결혼까지 하게 되었
는데, 그게 바로 지금의 남편이다. 남편과 나는 연애 때도
그러했지만 둘 다 자기충족감이 중요한 사람들로, 서로를
사랑하지만 갈구하지 않는 마음으로 결혼을 할 수 있었던
것 같다. 덕분에 함께 있지만 독립적이고, 독립적이지만 서
로에게 편안히 기댈 수 있는, 그런 부부 사이로 잘 살아가는
중이다. 무척 감사한 일이다.

시간이 흐른 지금은 이런 생각이 든다. 내가 조금 더 일찍
스스로에 대한 믿음과 힘을 길렀더라면… 그랬다면 내 젊은
날의 연애가 조금 더 편했을까. 조금 더 건강한 연애를 할
수 있지 않았을까. 혹은 굳이 연애가 아니어도 내 시간을 만
족감으로 물들일 수 있지는 않았을까.

한때 나는 재스민이 겪었을 불안함에 대해서라면 누구보다 더 잘 이해할 수 있는 사람이었다. 이 남자가 나를 부정하면 내 존재가 통째로 날아가는 듯한 그 기분을 뼈저리게 알기 때문이다. 하지만 동시에 그 불안을 헤쳐나온 사람으로서, 재스민이 택한 방식을 끝끝내 응원해줄 수는 없었다.

　영화가 끝난 후, 자신을 구원해 줄 남자들을 모두 잃은 재스민이 어떻게 살아나갔는지는 알 수 없다. 하지만 부디, 그녀가 이성을 통해서가 아닌, 스스로에 대한 믿음과 힘으로 삶을 채워나갈 수 있기를 바라볼 뿐이다. 그리하여 결국에는 블루blue: 우울한 재스민이 아닌, 해피 재스민이 되어 세상을 걸어 나가기를 마음 깊이 염원해본다.

엄마 딸은
곱지만은 않아

얼마 전 인스타그램에 스무 살 때 만나 교제했던 나이 많은 아저씨와의 일화를 썼다가, 그걸 엄마가 읽게 됐다. 사실 엄마가 내 인스타그램을 팔로우한다는 건 진작 알고 있었다. 하지만 엄마는 하트를 아주 간헐적으로 눌렀고, 한 번도 댓글을 단 적이 없었기 때문에, 엄마가 유심히 꼼꼼하게 내 글을 읽는다고는 생각지 않았었다. 한데 내 착각이었나 보다.

그 글을 올린 다음 날 엄마에게 장문의 카톡이 왔다. 생각지도 못한 내용이 들어있었다. 차라리 거기에 "너 미쳤니" 하는 꾸짖음이 들어있었다면 좋았을 텐데. 엄마의 카톡은 "미안해"로 시작해서 "미안해"로 결론지어져 있었다. 하물

82
사연 없음

며 엄마가 카톡을 보낸 시간은 새벽 두 시에서 세시로 넘어가던 시간. 내 연애담을 읽고 충격받은 엄마는 그 시간까지 잠을 청하지 못한 것이다.

　나이 든 아저씨의 구애에 넘어가 3년이란 시간을 음지에서 보낸 그 연애를 두고, 엄마는 '유린'이라고 했다. 지켜주지 못했다며 자책을 하는 내용과 함께, 얼마나 힘들었니 미안하다 내 새끼야, 하는 말도 적혀있었다. 눈물이 났다. 서른두 살이나 먹었지만 난 아직 엄마의 새끼였던 것이다.

　내 연애사는 70퍼센트가 상처로 범벅되어있지만, 그중 엄마가 아는 건 극히 일부였다. 누가 봐도 괜찮은 상대만 골라 데려가서 보여주었고, 더구나 최종적으로 순한 맛의 사위를 안겨주었으니 그럴 수밖에. 한때 딸의 연애 자존감이 정말 바닥을 쳤었더란 걸, 그래서 상식적으로 이해가 안 가는 그 누구라도 만나 그 자존감을 채워야 했었다는 걸 굳이 엄마에게 알릴 필요는 없었다.

　그래서 아마도 엄마는 딸에게 그런 굴곡진 연애사가 있을 거라곤 생각지 못했던 것 같다. 엄마를 놀래키지 않으려면 끝까지 봉인했어야 했나. 이제 와서 후회해봐야 소용없지만, 나이 든 아저씨와의 그 연애는 결국 나뿐 아니라 엄마에게까지 상처를 주었으니, 백번 생각해도 과연 잘못된 연애다.

엄마는 10년 만에 딸의 충격적인 연애담을 알게 되고는 일주일 동안 너무 힘들었다고 전했다. 요번에 남편과 함께 친정집에 갔을 때에도 엄마는 또 그 이야길 꺼냈다. 남편이 잠깐 낮잠을 자는 사이에 조심스레 물어오는 엄마.

"훈이도 아니?"

때 한 점 묻지 않은 사위가, 나의 그 치욕스런 연애에 대해서 몰라야 한다는 듯한 어떤 바람이 담겨있었다. 하지만 남편은 엄마만큼이나 내 글을 열심히 읽는 사람이므로 당연히 알고 있었다. 엄마의 탄식이 느껴졌다.

왜일까. 솔직한 자식은, 엄마를 아프게 한다. 솔직할 바엔 숨겨야 할 것이며, 숨기는 것이 죄스럽다면 부모님을 아프게 할 일은 애초에 저지르지 않는 게 좋은지도 모른다. 그러나 어찌 그게 쉽겠는가. 살아보아야 뒤돌아서 후회스러운 일이란 걸 알게 되는 거지. 하물며 연애는 더욱이 그렇다. 먹어봐야 까나리액젓임을 아는 복불복 게임이다. 모르긴 몰라도, 세상의 많은 자식이 저마다 부모님에게 알리지 못한 연애 하나씩은 품고 있지 않을까. (물론 건강한 연애만 한 행운 아들도 있겠지만)

나처럼 도저히 감당 못 할 나이 차의 놈팡이를 만났다든지, 혹은 욕이나 폭력을 행사하는 놈을 만났다든지, 상습적으로 바람을 피우는 놈을 만났다든지 등등. 우리의 연애 전선에는 부모님이 상처받을까 봐 고하지 못하고 묻어야 하는 일들이 지뢰처럼 존재한다. 그저, 부모에게 상처가 될만한 일들은 말하지 않는 것을 효도의 일환으로 여기며 살아갈 뿐.

엄마에게 '아무 상처 없이 건강한 연애만을 하다가 건강하게 결혼한 딸'이 되기 위해 이런 일들을 숨기는 것쯤이야, 사실 내게 일도 아니다. 그저 엄마의 좋은 딸로만 살 수 있다면.

하지만 문제는, 내가 엄마를 아프게 하기 싫은 동시에 내 상처와 후회를 글로 써서 사람들을 위로하는 작가가 되고 싶다는 거다. 그 사실 앞에서 참으로 오랜 시간 여러 차례 고민해야 했다. 그러나 불행인지 다행인지 시간이 지날수록 내 꿈은 견고해졌고 이런 결론을 내릴 수밖엔 없었다. 가식적인 글을 쓰느니 차라리 부모님이 놀랄만한 이야기도 서슴없이 쓰는 사람으로 살겠다고 말이다.

"꼭 그런 얘길 써야 해? 좋은 얘기만 쓰면 되잖아"라고 엄마가 말한다.

하지만 엄마, 엄마의 딸은 좋은 일만 겪고 살지 않았어. 나도 내가 마음고생 한 번 안 한 사람이라면 좋겠지만, 실제의 나는 여기저기 상처 입고 데이고 그래서 온몸에 굳은살이 단단하게 박힌 사람인 걸. 근데 엄마, 아이러니하게도 내 이런 점이 글을 쓰는 데 참 좋은 연료가 돼. 거침없이 내 상처를 오픈하기 때문에 내 글을 좋아해 주는 이들이 있거든. 내가 행복했다는 얘기, 늘 좋은 환경을 맛보고 좋은 남자만 만났더라는 얘기, 그런 얘기만을 쓴다면 난 정말 자유롭지 못할 것 같아. 그건 내가 추구하는 글이 아니니까.

엄마가 내게 왜 그런 반응인지 자식 된 마음으로 잘 알기에, 미처 이런 말을 다 전하지는 못했다. 엄마가 또 이 글을 읽는다면, 그때는 내가 엄마의 딸인 동시에 자유롭게 이야기를 전하는 작가이기도 하다는 걸 조금은 이해해주길 바랄 뿐이다.

"(너의 그 연애담들을 알고) 훈이는 뭐래?"

토끼 같은 사위가 딸의 지저분한 연애를 알고 도망갈까 봐 엄마가 또 묻는다.

"훈이? 별말 없던데? 그런데, 난 만약 훈이가 이런 것 때문에 뭐라고 한다면 실망할 것 같아."

솔직한 글에 대한 내 의지는 이렇게 완강하지만, 사실은 나도 가끔은 두려울 때가 있다. 밝고 곱게 큰 내 남편이, 산전수전 공중전을 겪은 나의 면면을 알게 되면서 충격을 받

86
사연 없음

을까 봐. 아울러 그런 자식을 내게 내어준 시부모님께서 나를 "조신하게 봤는데 알고 보니 발랑 까진 애였네"라고 여기실까 봐. 불행도 글감이 되는 직업이라고 해서 그런 일들이 두렵지 않은 것은 아니다.

순수한 아내, 조신한 며느리, 상처 없는 딸. 내가 사랑하는 사람들을 위해 내가 내려놓아야 하는 것들에 대해 생각한다. 그런 내가 할 수 있는 유일한 것은, 앞으로 더 좋은 아내와 며느리 딸이 되는 것일 테다. 그들이 듣고 싶은 소리, 거슬리지 않는 이야기만을 담는 사람은 되지 못하겠지만, 그래도 내 나름의 최선을 다해 오래도록 그들을 사랑하는 것일 테다.

만인의 연애 박사이자, 잡지에 여러 기사를 연재하며 섹스 칼럼니스트로도 활동했던 곽정은은 자신의 책에 이렇게 밝힌 바 있다.

섹스 칼럼니스트로 산다는 것 : "그 얼굴로 진짜 섹스 많이 해본 것 맞아?"라는 댓글을 보게 되는 것. 가끔은 전남친과의 아련한 기억을 떠올려 글을 쓰기도 해야 하는 것. 그렇기에 내 글을 읽고 토라지거나 화내지 않을 남자친구를 만나야 하는 것. 하지만 다른 사람들은 말 못하는 은밀한 욕망들을 말할 수 있

는 사람으로 사는 것. 엄숙주의가 지배하는 세상에 잔잔한 파
문을 던질 수 있는 사람이 되는 것.

그녀는 섹스에 대해, 이혼에 대해, 자신의 연애 경험에 대
해 오랜 시간 방송과 책을 통해 이야기해왔다. 그녀에게도
가족은 물론 있다. 그녀에게도 딜레마였을지 모른다. 다만
순진한 딸자식이 되는 것만큼이나 솔직한 작가로의 직업정
신이 중요했던 것뿐일 테다.

그녀는 어떻게 그 강을 건너왔을까. 그녀의 가족들은 또
그 강을 어떻게 건넜을까. 어떻게 하면 이제 나에겐 아무런
영향도 미치지 않는 연애로 우리 엄마가 힘들어하지 않을
수 있을까.

엄마랑 그날 밤 맥주를 사러 나가면서 엄마에게 약속했
다. 엄마가 상처받을 만한 이야기는 책에 좀 완곡하게 담을
게, 하고. 엄마가 좋아할 만한 얘기만 쓰겠다는 비겁한 거짓
말은 차마 할 수 없었기에.

"그래 딸. 그렇게 해 줘, 엄마를 위해서…"

엄마와 나는 그 강을 건너려고 이제 막 바짓단을 걷어 올
리는 중인 것 같다. 부디 내 꿈과 나의 가족이 사이좋게 모
두 행복했으면 좋겠다.

네가 상처 준 건
왜 기억 못 해?

　상처의 원리인지는 몰라도, 연애를 통해 사람들은 자신이 누군가에게 '준' 상처보다 자신이 '받은' 상처에 크게 주목하고 이를 편집하는 경향이 있는 듯하다. 내 주변만 보더라도 그렇다. 분명 자신을 좋아하던 사람들에게는 그리 하대를 하다가도, 자신이 반한 상대가 자신을 조금이라도 홀대하면 그렇게 노여워하는 사람들이 많다. "근데 너도 저번에 걔한테 상처 주지 않았어?"라고 되물으면, 자신이 그랬다는 사실조차 자각하지 못하는 경우가 많다. 솔직히 얘기하겠다, 내 얘기이기도 하다.

　복잡다단했던 나의 연애사. 크고 작은 사연들 속에서 나는 주로 상처를 받는 쪽이었노라고 자신 있게 주장한다. 내가 먼저 헤어지자고 한 경우보다는 내가 차인 경우가 많았으니, 파이로 따지자면 상처받은 적이 많은 건 어쨌건 분명하다. 하지만 어디까지나 상처받은 적이 '많은' 것이지 상처를 '준 적 없다'는 얘기는 절대 아니다. 사귀어보니 내 생각과 달랐던 어떤 오빠에게서 커플 운동화까지 받아 챙겨놓고는 문자로 이별 통보를 한 적도 있었고, 연인 사이는 되지 않았지만 썸을 타는 과정에서 여러 남자들에게 불쾌한 거절을 건넨 적도 여러 번이었다.

돌이켜보면 나는 충분히 더 온유한 방식으로 그들과 마무리할 수 있었다. 하지만 나는 그때 모종의 쾌감을 느끼면서 그들을 거절하곤 했었다. 그들이 받을 상처에 주목하고 싶지 않았다. 해괴망측한 변명을 해보자면 그 당시 연애 트렌드에 걸맞은 '잇걸 It girl'이 되고 싶었기 때문이다.

무슨 말이냐 하면, 바야흐로 내가 한창 이 남자 저 남자를 가리지 않고 만나던 20대 중반 시절이 바로 '밀당' 세대였던 것이다. 지금이야 밀당이란 말도 몹시 촌스런 단어 같지만, 당시 밀당으로 대변되는 연애 개론들의 영향력은 실로 엄청났다. 계산하고 또 계산하기, 진심 드러내지 않기, 끊임없이 상대 불안하게 하기 같은 것들이 그 당시 연애의 트렌드였다. 왜 그랬는지 모르겠다. 당시의 여러 잡지와 방송 프로그램들을 보면 연애 좀 한다는 고수들은 죄다 비슷한 논지의 말을 하고 있었기에, 트렌드의 소비자들이야 룰루랄라 그 흐름을 따라가기 바빴을 수밖에. 하여간 미디어의 힘은 대단했고, 여자는 남자의 사냥 본능을 자극해야만 하며, 그럼으로써 쫓고 싶은 여자, 매력적인 여자가 되어야 한다는 무근본 믿음이 여자들의 마음에 싹텄더랬다. 나도 그런 연애 칼럼들을 밑줄까지 쳐가며 읽는 여자 중 하나였다. '다 잡은 물고기'가 되면 세상이 끝나는 줄 알았다.

그런 탓에 본의 아니게 애꿎은 사람들이 피해를 입었다. 나를 사냥할 생각이 없었던 선한 남자들. 나를 하룻밤 대상으로 보기는커녕 가장 밑바닥에 있는 진심을 꺼내 보이며 내게 다가오던 남자들 말이다. 밀당이란 것도 상대를 봐가며 해야 할 일인데, 나는 구태여 계산하지 않아도 정직함으로 다가오던 사람들을 내 연애 연습의 타깃으로 삼곤 했다. 얘랑 사귈 생각은 없는데 한번 안달 나게 해 봐? 이렇게 하면 남자가 평생 나를 나쁜 여자(그땐 나쁜 여자가 제일 멋진 줄 알았다)로 기억한다는데 한번 해볼까? 나를 거쳐 가는 찰나의 인연들조차 모두 나를 무심하고 나쁜 여자로 기억해주기를 바라고 또 바랐다.

한번은, 내게 호감을 보이던 남자와 연락을 주고받던 중 연락을 하기가 귀찮아진 적이 있었다. 물론 사람의 마음은 억지로 생겨나는 것이 아니기에 그를 거절할 권리는 내게 충분히 있었다. 하지만 정중하게 에둘러서 '우리는 잘 안 맞는 것 같으니 다른 좋은 사람 만났으면 좋겠어요'라고 표현 해주면 될 일이었다. 그러나 나는 굳이, 싸가지를 힘껏 끌어 모아 '너무 귀찮아서 그런데 연락 좀 그만 해요'라고 보냈던 기억이 난다. 그놈의 '갑'이 한번 되어보고 싶었던 나의 비뚤어진 욕망. 그 욕망 탓에 아무 죄도 없는 이에게 쌀쌀맞게 군 것이다.

당황해하면서도 서운해하던 그 남자의 마지막 모습이 아직도 잊히지 않는다. 그런데 어설프게 베낀 거여서였는지 나쁜 여자를 흉내 내놓고도 썩 마음이 편치는 않았다. 좋아하던 남자에게 거절당했을 때의 그 기분을 너무 잘 알고 있는 나라서, 휴대폰 너머에서 속상해하고 있을 상대가 자꾸만 떠올랐다.

난 정말 그 밀당인지 뭔지 하는 것에서 이긴 걸까. 누군가의 호의에 콧방귀를 뀔 수 있는 매력적인 여자가 된 걸까. 확신할 수 없었다. 지금에 와서 생각해보면 참 어처구니없는 유치함일 뿐이었는데.

그로부터 한 2년이 지난 때였을까. 정신없이 뒤섞여있던 카카오톡 친구 목록에서 우연히 그의 프로필 사진을 보게 되었다. 그의 결혼식 사진이었다. 언젠가 내가 귀찮다며 싹 수없는 문자를 보내도 정성을 다해 답장하던 그 사람. 그의 옆에는 너무도 선해 보이는 신부가 활짝 웃고 있었다. 잘 어울리는 선한 모습의 신랑 신부를 보고 나서야 나는 깨달았다. 내가 루저였음을. 그에게는 그렇게 나쁜 여자인 척해놓고도 여전히 다른 남자들에게 상처받으며 찌질한 연애를 이어가던 내가 루저가 아니면 뭐란 말인가. 그를 카카오톡 목록에서 지우며 나는 가닿지 못할 축하의 인사를 마음속으로나마 건넸다.

'저, 기억이 날지는 모르겠지만 그때 그 싸가지예요. 결혼 정말 축하해요. 그때 절 놓치길 정말 잘했어요. 난 나쁜 사람이 아니라 바보 같은 사람이었으니까요.'

내가 누군가에게 주었던 상처들, 어쩌면 내가 줘놓고도 기억조차 하지 못하는 자잘한 상처들까지 헤아린다면, 나는 내가 받은 상처가 아프다고 징징댈 형편이 못 될는지도 모르겠다. 나 역시 내가 받은 상처를 크게 부풀려 편집하고 왜곡하는 여자였기 때문에. 그래서 "남자들은 다 날 힘들게 해, 난 이렇게 착한데!"라는 말은 어느 순간부터 창피해서 꺼내지 않게 됐다.

그때 그렇게 내게 맞지도 않는 연애 트렌드를 무작정 섬기는 게 아니었는데…. 뒤늦은 후회가 무슨 소용이겠는가. 과거에 내게 상처받았을 누군가에게 이제는 사과할 기회조차 없는 것을. 부디 나 때문에 너무 큰 상처를 받거나 오랜 기간 마음고생 한 사람들이 없기를 기도해보는 바다.

나처럼 나쁜 여자 코스프레에 물들어, 제 진심도 아니면서 남자들을 불안하게 하고 상처 주는 맛에 살던 사람들이 세상에 얼마나 많았을까. 다 잡은 물고기가 되지 않기 위해 답장 보낼 시간을 계산하고, 일부러 약속시간에 늦고, 보고 싶어 죽겠지만 절대 먼저 연락하지 않으면서 트렌드에 따라 연애해온 여자들은 몇이나 될까. 그렇게 해서 끌어올린 자존감으로 우리는 과연 얼마나 멋지고 만족스러운 연애를 해왔을까. 나의 마음속엔 지울 수 없는 헛헛함이 남아있는데, 그녀들도 나와 같을까.

밀당 시대로부터 제법 시간이 흐른 지금은 더 이상 밀당이 답이 아닌 지 오래다. 대신 새로운 연애 트렌드가 생겼다. 여성이 남성의 연락을 기다리고 사냥감이 되는 연애가 아닌, 여성도 똑같이 자신의 순수한 호감과 욕망을 드러내며 남녀가 상호 투명하게 소통하는 것이 모름지기 요즘의 연애 트렌드다.

물론 트렌드는 또 바뀔지 모른다. 다시금 밀당을 하라고 재촉하는 시대가 올지도 모를 일이다. 하지만 나는 세상을 주도하는 트렌드가 어찌 되건 누군가에게 불안감과 상처를 주는 룰은 더 이상 따르고 싶지 않아졌다. 내 감정을 속이고 거짓을 연기하는 것도 하고 싶지 않다. 개인적으로 이런저런 연애를 해보며 느낀 바가 있다면, 결과가 어떻지언정 정직한 진심을 보여준 때가 더 후회 없고 깔끔하다는 결론이다. 그러니, 모든 경험을 일반화하는 연애지침서보다는 내 마음을 따르는 편이 언제나 우리의 정답인지도 모른다.

건강한 정신에
건강한 사랑이
깃든다

"저 여자는 딱히 잘난 것도 없는 거 같은데, 어떻게 저런 남친을 만났지?"

질투심 반, 자괴감 반. 이십 대 중반의 내 마음은 언제나 상대로부터 존중받으며 연애하는 여자들을 향한 날카로운 시선으로 채워져 있었다. 나 스스로가 존중받은 기억이 없는 탓이었다. 내가 남자 보는 눈이 없던 것일지, 아니면 정말로 내가 존중받을 가치가 없는 것일지 아무리 고민해도 답을 내릴 수 없던 때였다.

비슷한 경험이 반복되면 사람은 그 경험을 토대로 일반화를 하게 된다. 연애도 마찬가지다. 나를 젊은 육신으로만 보는 이와의 연애, 내 조건을 못마땅해했던 이와의 연애가 연이어 몇 년이 쌓이니 어느 날 내 자존감은 이런 결론을 내려버렸다.

'야, 너 정말 구려. 넌 사랑받을 가치가 없다 얘.'

하지만 이런 일반화에 세뇌되고 나면 더 큰 문제가 다가온다. 제대로 된 사람이 다가와도 내 자존감이 일어설 생각을 하지 않는 것이다. 나를 또 버릴지도 몰라, 이 사람이 내 실체를 알면 달아날 거야, 하고 불필요한 피해 의식에 지레 겁을 먹고는 시작도 되기 전에 연애를 망쳐버린다. 아주 지극히도 내 얘기다.

내 인생을 스쳐 간 남자들 중에는 분명히 괜찮은 사람들도 있었다. 하지만 소라게처럼 조그만 자극에도 껍데기 안으로 숨어버리는 나 때문에 망쳐버린 관계가 한둘이 아니었다. 이를테면 진돌이 오빠 같은 케이스.

진돌이 오빠는 친구가 소개해준 사람이었다. 예전에 같이 취업스터디를 하던 오빠랬나 뭐랬나. 아무튼 한시도 곁에 누굴 두지 않으면 불안했던 나는, 혹시 이 남자가 나를 기다리는 영혼의 짝일까 싶어 덥석 소개팅을 나갔다.

맞선도 아닌 가벼운 소개팅이었는데도 불구하고 말끔히 정장을 떨쳐입고 나온 그는 국립대를 나와 최근에 한 중견

기업에 취직했다고 했다. 그가 나를 데려간 곳은 한눈에 봐도 가격이 제법 돼 보이는 세련된 레스토랑이었다. 정장은 커녕 청바지에 블라우스 차림으로 나간 나는, 그가 사주는 소고기 스테이크를 썰며 또 몹쓸 망상에 시달렸다.

'아, 정규직이구나. 나는 몇 년째 비정규직인데. 이런 날 알면 분명 싫어하겠지?'

진돌 오빠와 나는 소개팅 자리에서 제법 얘기가 잘 통했다. 그는 뮤지컬을 좋아한다고 했고, 나는 없는 형편에도 S석을 예매해 '맘마미아'와 '브로드웨이 42번가'를 본 이야기를 과장되게 털어놓으며 공감대를 형성했다. 엄청 근사하진 않아도 모나지 않고 반듯해 보이는 그가 좋았다. 다행히 그도 날 맘에 들어 하는 것 같았다.

문제는 서로의 호감을 확인한 다음부터였다. 피해 의식에서 비롯된 나의 불안감은 모터를 달고 붕붕 질주했다. 흐지부지 끝나지 않게 이 관계를 확고히 해야 한다는 강박으로, 이제 막 서로 알아가는 단계의 그를 닦달하기 시작한 것이다. 어설프게 연애 칼럼에서 주워들은 조잡한 스킬들을 뿌려가며 그가 내게 매력을 느끼게 유도하는가 하면, 그러면서도 불안해질 때면 매력녀 연기를 집어던지고 질척이는 내 본심을 드러내곤 했다.

언행이 불일치되다 못해 3분 간격으로 달라지는 내 정신 사나운 모습을 봐서일까. 서너 번의 데이트까지는 분명 그가 먼저 약속도 잡고 내게 호감을 비추는 것 같았으나, 어느새 보니 나는 그가 내게 애프터 신청을 하지 않을까 봐 소란을 떨며 만남을 강요하는 쪽이 되어있었다. 그래서 언제 볼거냐, 언제 사귀자고 할 거냐, 왜 연락이 안 되냐 등등. 어우, 글을 쓰는 지금도 왜 그랬나 싶다.

당연한 얘기겠지만 그는 서서히 내게 질려버렸다. 만날 때마다 사귀자고 왜 안 하냐고 묻는 나에게, 어느 날 그는 못 참겠다는 듯 일침을 날렸다.

"나는 네가 아직 사귈 만큼 좋은지 잘 모르겠어. 그리고 넌 너무 조급해 보여."

어쩌면, 그도 그렇게까지 얘기하고 싶지는 않았는지도 모른다. 내가 유난 법석을 떨지 않고 조금 차분히 그와 알아가는 단계를 음미했더라면, 그와의 사이가 틀어지지 않았을지도 모를 일이다. 하지만 이미 돌아간 이의 마음을 돌리는 방법은 없었다. 그는 내 연락을 피했고, 그럴수록 나는 더 매달렸고, 급기야 그는 내 전화를 차단하기에 이르렀다. 진돌이 오빠에게 남은 내 잔상은 아마 이것이었을까.

'첫인상은 좋았는데 애가 참 조급하고 애정결핍 증상이

심하네? 왠지 더 만나면 피곤할 것 같다.'

이런 식으로 끝나버린 썸이 진돌 오빠만은 아니었다. 언제든 나는 건강하고 반듯해 보이는 남자만 만나면 똑같은 굴레에 빠져들었다. 자신보다 여러모로 열악한 나를 싫어하게 될까 봐 불안했고, 그 불안한 마음이 결국 그를 족쇄처럼 옭아매 질리게 만들었다. 모 연구소에서 일한다는 네 살 많은 오빠에게도, 같은 회사에서 만난 신입사원에게도, 피해의식과 조바심은 여지없이 가동되고 말았다.

누군가는 건강한 육신에 건강한 정신이 깃든다고 말했다. 이를 연애에도 적용할 수 있다면, 아마도 '건강한 정신에 건강한 연애가 깃든다' 쯤으로 바꿔볼 수 있을까. 연애와 자존감의 문제는 떼려야 뗄 수 없는 짝꿍 같은 사이라서, 언제나 비례 법칙을 따르는 것 같다. 좋은 사람과 이룬 건강한 관계는 자존감을 건강하게 하고, 그렇게 형성된 건강한 자존감은 다음에도 좋은 관계를 유도한다. 하지만 반복된 연애의 트라우마로 자존감이 극도로 낮아진 상태라면, 치유되지 않은 자존감으로 누구를 만난들 다시 건강치 못한 연애의 굴레로 이어지는 것이다.

"저 사람은 딱히 잘난 것도 없는 거 같은데, 어떻게 저런 애인을 만났지?"

사연 없음

이제는 보이는 게 전부가 아니라는 생각을 한다. 저 여자는 나보다 예쁘거나 나보다 다정하지 않아도, 불신이나 피해 의식으로 상대를 겁주는 나보다 건강한 마인드의 소유자겠거니, 하고 이제는 생각한다.

다시 말하건대 내 인생에는 괜찮은 남친 후보들이 참 많았더랬다. 하지만 그때 내 자존감은 그들과의 건강한 관계를 받아들이기에 너무 약해져 있는 상태였다. 그럴 땐 연애도 운동처럼 잠시 쉬어가야 한다는 걸 그때는 몰랐던 탓이다. 사람을 꼭 사람으로 치유해야 한다고 생각했었다. 누군가로 구멍 난 마음은 다른 누군가가 채워줄 거라고. 하지만 연애는 상호작용으로 이루어지는 것인지라, 건강한 두 남녀가 만나야 건강한 시너지를 낼 수 있다. 한쪽이 시소처럼 기울어진 상태의 연애를 건강한 연애라 할 수 있을까. 구멍 난 자존감으로 힘겨워하던 그때의 나는, 아마 누구를 만난들 그 관계를 온전히 유지할 수 없었을지도 모른다.

미국 드라마 「볼드 타입」의 25살 '서턴'은 잡지사의 패션 어시스턴트로 일하면서 회사 임원인 '리처드'와 사랑에 빠진다. 자신보다 직책이 한참 높은 임원인 데다가 재정적으로도 탄탄한 그에게 서턴은 관계의 불안을 느끼지만, 어느 날 큰마음을 먹고 그에게 이렇게 말한다.

"전 당신이랑 진지하게 만나고 싶어요. 당신도 그러고 싶다면 저한테 데이트신청 하세요. 전 그럴 가치 있으니까요."

물론 서턴의 말에 모든 남자가 "그래 너 그럴 가치 있어, 데이트 신청할게!"하고 응하지는 않을지도 모르겠다. 하지만 적어도 자신을 낮추지 않는 서턴의 모습만은 그 관계가 어찌되건 상관 없이 매력적이고 당당하게 느껴졌다. 상대의 시선에 굴하지 않고 내 가치를 높이 사는 마음이야말로, 어쩌면 건강한 관계를 만드는 첫 번째 길이 아닐까. 아니나 다를까, 리처드는 서턴의 그런 모습에 더 큰 호감을 갖게 된다.

물론 서턴과 같은 탄탄한 자존감을 누구나 가지기 쉬운 것은 아닐 테다. 누군가는 그리 되기 위해 영겁의 시간이 필요할 수도 있다. 하지만 오랜 시간이 걸리더라도 우리는 언젠가 한 번은 스스로의 마음을 깊이 들여다볼 필요가 있다. 나의 지난 연애들이 실패했다고 해서 스스로를 못난 사람이라고 평가절하하고 있는 것은 아닌지, 그런 마음 상태로 섣불리 누군가를 만나려 하고 있지는 않은지, 상대의 외형적 조건과 관계없이 동등한 마음의 눈으로 바라볼 수 있는지. 이런 것들을 생각하는 시간을 충분히 갖지 않는다면, 내가 얼마나 괜찮은 사람인지 모른 채 위축된 연애를 반복할 수도 있기 때문이다.

　나는 오랜 시간 연애로 생긴 마음의 병으로 고생했다. 모든 남자가 나와 자고 나면 떠나가는 줄 알았고, 모든 남자가 학벌과 집안에 집착한다고 생각했다. 하지만 길고 긴 피해 의식에서 깨어나 보니 세상에는 참 괜찮은 사람이 많았다. 상처받은 마음으로 세상을 보니 그간 사람도 관계도 또렷이 볼 수 없었던 것이었을 뿐.

　건강한 정신에 건강한 연애가 깃듦을 진작 알았더라면,
　내 지난 연애들이 더 건강했을까.

영원한
사랑

    텔레비전에서 영화 「타이타닉」이 나오고 있다. 타이타닉은 정말 수도 없이 영화 채널에서 재상영되는 웰메이드 영화로, 나는 지금껏 못해도 서른 번은 본 것 같다. 실화를 바탕으로 한 블록버스터 재난 영화인 데다가 전성기 시절의 미모의 디카프리오가 주연한 멜로물이기까지 하니, 지금 생각해도 참 매력적인 영화가 아닐 수 없다. 비록 영화 속 두 남녀의 러브스토리는 재미를 위해 만들어낸 픽션으로 밝혀졌지만, 이 영화가 오늘날 흥행할 수 있던 가장 큰 요소는 단연 재난 속에 꽃 핀 애정전선이 아니었을까 싶다. 침몰하는 배의 연인이라니. 이보다 더 비극적이고 애절한 설정이

어딨겠느냔 말이다.

갑판에서 나누는 키스신, 나신의 연인을 화폭에 그리는 신, 그 유명한 자동차에 허옇게 서린 김에 손바닥을 척! 대는 신 등 이 영화의 명장면은 많지만. 사실 「타이타닉」에서 내가 가장 좋아하는 신은 따로 있다.

주인공 '잭'과 '로즈' 두 사람이 서로를 알게 되어 배 갑판에서 데이트를 하던 중이었나, 귀족 신분 탓에 자유롭지 못한 자신의 삶을 로즈가 잭에게 하소연하는 신이 있다. 이에 잭은 로즈에게 여행을 하면서 낚시도 해보고 말도 타보라며 자신이 경험한 자유로운 삶에 대해 이야기해준다. 그런데 잘 듣고 있던 로즈는 말 타는 이야기가 나오자 "(말에 앉을 때) 두 다릴 벌리고요?"라며 반문한다. 아마도 치렁한 드레스에 코르셋까지 입고 다니던 당시 귀족 여성 신분으로는 상상도 할 수 없는 자세인 듯한데, 잭은 아랑곳하지 않고 "당연히 두 다릴 벌리고 남자처럼 타야죠!" 하며 웃는다. 이 대화 장면은 두 사람이 친해지는 과정을 보여주는 별것 아닌 장면처럼 보이지만, 사실은 훗날의 복선과도 같은 아주 중요한 부분이었다.

그 이후 둘은 사랑에 빠져 연인이 되었지만 알다시피 타이타닉호는 빙하와 충돌해 물속으로 가라앉았다. 귀족인 로즈는 먼저 구조될 수 있었음에도 잭과 함께 있을 것을 택해 결국 둘 다 얼음물에 빠지고, 잭은 저체온증으로 먼저 죽고 만다.

그들의 살아생전 러브스토리는 배에 승선하면서부터 침몰하기까지 고작 나흘 남짓이었지만, 세상에 영원한 사랑이 있다면 어쩌면 이런 걸까.

세월이 흘러 다른 남자와 결혼해 손자까지 낳고 잘 살고 있었던 할머니 로즈는, 어느 날 타이타닉호 발굴 작업 중 발견된 그림의 주인공으로 밝혀진다. 발굴 관계자들에게 초대를 받게 된 로즈는 당시 상황을 고증해주기 위해 발굴팀에게 가서는 바리바리 챙겨온 여러 소지품을 주욱 늘어놓는데, 뭉클하게도 그중 하나가 바로 말에 올라탄 자신의 젊은 시절 사진이다. 그 옛날의 연인 잭이 말한 것처럼 '두 다릴 당당히 벌리고' 말에 앉아 웃고 있는 젊은 로즈. 다른 남자와 가정을 꾸려 몇십 년을 살면서도 가슴 한편에서 지우지 못한 한 남자에 대한 고마움, 그리움, 그리고 사랑이, 그 사진 한 장에 모두 담겨있었던 것이다.

영원이라는 건 존재하지 않는다고, 특히나 사랑에 있어 영원이란 더더욱 없다고 배워왔지만, 어쩌면 영원한 사랑이라는 게 진짜로 존재할 수도 있다는 생각이 드는 대목이었

사연 없음

다. 어떤 이와 물리적으로 연애 관계를 유지하는 영원이 아니다. 그 사람이 내 인생을 바꾸고, 내 가치관을 물들이고, 그리하여 오랜 시간이 지나서도 내 마음 어딘가에서 살아 숨 쉬는 것. 어쩌면 그게 영원한 사랑이 아닐까.

로즈 할머니는 발굴팀에게 자신의 지난한 러브스토리를 들려주고는, 그날 밤 꿈을 꾼다. 자신의 인생을 바꾸고 평생의 가치관을 물들인 남자 잭 도슨과, 침몰하지 않고 온전한 타이타닉호 안에서 승객들의 환호를 받으며 결혼하는 꿈을. 사상자도 이별도 없는 꿈속의 타이타닉 호는 참으로 따뜻해 보였다.

영화 「타이타닉」이 유독 아름답게 느껴지는 이유는, 침몰과 죽음이라는 물리적인 비극에도 불구하고 영원히 살아 숨 쉬는 사랑을 그리고 있기 때문인 것 같다. 로즈의 꿈에서는 부디, 배가 빙하를 비껴 무사히 미국에 도착했기를. 그로써 그녀가 꿈꿨던 두 사람의 자유로운 사랑이 이어졌기를, 바라본다.

2부

사랑, 꼭 한 가지 결이어야 하나요

당신의 사랑을
낚아도 될까요

로맨스 스캠이라는 것이 있다. 로맨스와 스캠 scam;신용 사기 의 합성어로, 사회관계망서비스 SNS 등을 통해 친분을 쌓고 로맨스로 위장하여 돈을 뜯어내는 신종 보이스 피싱 같은 개념이다. 이 신종 사기의 존재를 알게 된 건 다름 아닌 나의 인스타그램을 관리하던 중이었다.

평소 귀가 두껍고 의심이 많은 나는 미심쩍은 사람이 다이렉트 메시지를 보내오면 애지간해서는 답장을 하지 않는 편이다. 그러던 하루는, 내가 답을 하지 않은 채 쌓아 둔 메시지를 정리하던 중 뭔가 수상한 점을 발견하게 됐다. 메시지를 보내온 서로 다른 발신자들이 어쩐지 모두 동일 인물

같아 보였던 것이다. 이상했다. 분명히 각기 다른 계정으로 온 메시지들이었는데, 왜 프로필에 사용된 사진이 하나같이 똑같은 여자의 얼굴이지? 단발머리를 한 동양인 군인. 심지어 계정에 사용된 이름도 똑같았다. 카스트로 킴.

이 '카스트로 킴'이라는 이름의 동양인 여성은, 군복을 입고 연신 외국인들과 사진을 찍는 것으로 보아 아마도 외국에서 일하는 군인인 듯했다. 그녀는 나에게 "안녕하세요 나는 당신과 친구가 되고 싶습니다" 하며 서툰 한국말로 인사를 건네 왔지만 의심 많은 나는 하나같이 그 인사를 씹어버렸고, 그 탓에 매번 우리의 대화는 성립되지 못했던 것이다. 근데 같은 사람이 왜 여러 계정을 쓸까. 이상하다는 생각은 했었지만 삭제하면 그만이라는 생각에 그때는 별 관심을 기울이지 않았었는데…. 뒤늦게 인터넷에서 로맨스 스캠에 관한 뉴스 기사를 읽게 되면서, 그 메시지가 사기꾼들의 의도적인 접근이었다는 걸 알게 되었다.

세상에 그게 사기의 전조였다니. 다행히도 나는 그 접근에 응하지 않았지만, 나와는 달리 카스트로 킴의 상냥한 인사에 응한 사람들이 많았던 모양이다. 뉴스 기사에 따르면, 카스트로의 접근을 의심하지 않은 사람들은 차근차근 다음 스텝으로 얽혀들었다. 우선 인사에 응하고 나면 그녀는 지속적으로 메시지를 보내오면서 자신을 소개하고 친분을 쌓는다고 했다. 그렇게 친분이 쌓이고 나면 사랑 고백을 하고, 거기까지 의심 없이 걸려든 이들과 카스트로는 연인 사이로 발전한다고. 적게는 수일 길게는 수개월까지도 걸린다는 그 시간 동안 미모의 군인으로 둔갑한 사기꾼은 나름대로 견고하게 공을 들이는 모양이었다. 하지만 사랑을 빙자한 이 사기극의 끝에는 마지막 단계만이 기다리고 있으니. 바로 사기꾼들의 궁극적인 목적, 금전 요구다.

얼굴 한 번 보지 않고도 피해자들의 지갑을 열게 하는 카스트로 킴의 사연에는 나름의 감성 포인트가 있었다. 한국인 어머니와 미국인 아버지 사이에서 태어난 카스트로는, 일찍 부모를 여의고 형제도 친척도 없는 외톨이로 남겨진다. 외롭고 힘든 그녀는 남은 삶을 한국에서 살고 싶어 한다. 그래서 SNS로 만나 얼굴도 보지 못한 한국인 남자에게 덜컥 사랑을 느끼고 결혼까지 꿈꾼다. 설정의 차이는 조금씩 존재하지만 기본적인 골조는 이런 식이다. 외로운 검은 머리 외국인 카스트로 킴이 한국 남자와 한국에서 살고 싶어 한다는 것.

여기에 삼류 첩보물 같은 이야기도 슬쩍 더해진다. 시리아에 파병된 군인인 그녀는 작전을 수행하던 중 탈레반의 돈 가방을 수거하면서 500만 달러라는 큰돈이 생긴다. 그러나 UN의 감시 탓에 본인의 계좌에 입금할 수가 없어서 사랑하는 한국인 남자 친구에게 그 돈을 대신 맡아줄 수 없겠냐고 묻는다. 나는 한국에 가서 너와 결혼할 사이니까, 그 돈 가방을 너에게 붙일 테니 통관 수수료 1,500달러를 먼저 내달라는 것이다. 이를 뒷받침하는, 화질이 매우 구린 돈 가방의 사진도 깜찍하게 내밀면서.

아마 의심 많은 나였다면 벌써 몇 가지 의문을 제기했을 거다.

의문 1. 작전 중에 돈 가방을 발견했으면 신고를 해야지, 왜 개인적으로 가로채?

의문 2. 그래, 인간적인 욕심으로 가로채고 싶어졌다 치자. 그럼 그냥 현금으로 거기서 흥청망청 쓰면서 살지, 왜 굳이 한국에 와서 왜 나랑 살겠다는 걸까?

의문 3. 군인이면 그곳에서 생긴 나름의 인맥도 있을 텐데, SNS로 대화한 게 전부인 나에게 이런 비밀스럽고 첨예한 부탁을 하는 이유는 또 뭐고?

탈레반 돈 가방 이야기 말고 다른 레퍼토리들도 물론 존재한다. 파병 중에 몸을 다쳤다며 수술비를 요구하는가 하면, 가난한 유학생으로 컨셉을 바꾸어 한국에 가서 결혼하고 싶다며 항공비를 요구하거나, 선물을 보내고 싶은데 돈이 없어서 그러니 배송비를 대신 입금해주면 안 되냐는 요구를 하기도 한다. 그러나 조금씩 다른 이 이야기들의 본질은 역시 같다. 나는 너를 사랑하고, 우린 연인이니까, 도와달라는 말. 사랑을 속삭이고 눈물 없인 못 들을 사연을 투척하면서 피해자들의 연민을 자극하는 것이었다.

대체 어떤 멍청이가 이런 데 속아? 돈 얘기 꺼내면 바로 눈치채야지! 하는 시선들이 많을 것이다. 하지만 몇백만 원부터 몇천만 원까지, 이 사기극에 피해를 본 사람들은 생각보다 많다. 이미 관계가 돈독해진 다음에는 의심을 하기 어려운 심리가 크다는 것이다. 사랑을 속삭이던 그녀를 돕고 싶어 돈을 송금한 수많은 피해자들이 정말 바보라서 그랬겠는가.

갈수록 1인 가구가 늘어나고, 사회에서의 관계망이 좁아지는 현대사회. 사회가 이렇다 보니, 사람의 온기를 느끼고 소통하고 싶지만 그럴 창구 자체가 없는 외로운 사람들이 존재한다. 그런 이들은 SNS를 통해서라도, 얼굴 한 번 보지 못한 사이라고 해도 그 온기가 절실했을 것이다. 그렇게라도 누군가를 사랑하고 싶었던 사람들에게 무슨 죄가 있을까. 순수하게 누군가를 사랑하고 돕고 싶었던 그 심리를 이용해 돈을 뜯어내는 사기꾼들이야말로 악랄한 존재들일 뿐이다.

한때 보이스피싱은 노인분들을 타깃으로 금융기관이나 공공기관을 사칭하는 게 주 레퍼토리였었다. 그러다가 자식 일이라면 의심 없이 지갑부터 여는 선량한 부모들을 상대로 '핸드폰을 잃어버렸다'며 자식 행세를 하는 수법으로 발전했던 것도 기억난다. 이미 거기까지 간 것도 참으로 치졸하고 뻔뻔해서 "야! 너네들은 부모도 없니?"라며 훈계하고 싶을 때가 많았더랬다.

그런데 이제는 노인, 부모를 넘어서서, 누군가와의 진정한 소통을 바라는 이에게까지 그 범죄의 손길이 뻗쳐나가고 있다. 사랑에 목마른 사람들, 그래서 SNS로 전해오는 사랑의 메시지만으로도 공감과 온기를 느끼는 외로운 사람들에게, 누군가는 오늘도 범죄를 목적으로 접근하고 있다. 이럴 때마다, 내 안에 있던 인류애가 조금씩 사라지는 것만 같다.

즐겨보는 프로그램 「연애의 참견」에서 MC 서장훈이 남긴 유행어 하나가 떠오른다.

"신원이 불분명한 사람은 만나지를 마, 제발."

염세적으로 느껴지던 그의 이 유행어는, 현대사회의 양면을 동시에 비추는 거울 같다. 갈수록 소통의 창구가 줄어들어 비대면 사랑에 기대는 사람들, 그리고 그 심리를 이용해 로맨스 사기를 치는 범죄조직들이 공존하는 세상이다. 이제는 누군가 내게 호감을 보내오면 의심부터 해야 한다니, 참으로 팍팍하고 서글프다. 하지만 나날이 사람의 심리를 이용한 범죄는 진화해가고 있으니, 범죄자들의 농락에 당하지 않으려면 우리가 스스로 의심과 판단의 힘을 기르는 수밖에.

머나먼 땅 시리아에서 작전을 수행하던 중 돈 가방을 수거했다는 웬 군인이 사랑의 메시지를 보내오거든, 일단 우리는 두 가지를 의심해봐야 할 것이다. 군인으로서의 직업윤리를 지키지 않는 그녀의 진실성, 그리고 얼굴도 보지 않은 나와 연애하려는 그 의뭉스러운 심리를 말이다. 그녀는 미모의 군인 카스트로 킴이 아니라, 나이지리아, 라이베리아 등 아프리카 지역에 국적을 둔 사기꾼이다. 그러니까 서장훈의 말대로, 신원이 불분명한 사람은 위험하니까 만나지 말자. 특히나 SNS로는 더더욱!

복수의 마음,
그게 사랑일까

악의 무리로부터 세상을 구하기 위해 전지전능한 힘들을 합쳐 활동하는 히어로들이 있다. 우리는 그들을 '어벤져스'라 부른다. 어벤져스는 '복수를 하는 사람들'이란 뜻으로, 어원은 '복수하다'라는 동사 '어벤지avenge'에서 유래한다. 그러나 영어에는 '복수하다'라는 비슷한 말이 하나 더 있다. 바로 '리벤지revenge'다. 같은 뜻을 지닌 것 같지만 사실 어벤지와 리벤지 사이에는 그 어감에 미묘한 차이가 있다. 어벤져스가 지구의 정의를 위해 악당들을 물리치듯 '어벤지'는 대의나 정의를 위한 징벌의 뜻을 담고 있는 반면, '리벤지'는 개인적인 앙갚음의 복수심을 담고 있다.

리벤지라는 단어에 담긴 의미가 소갈딱지스럽다는 것만 보더라도 알 수 있지만, 이 단어는 대개 안 좋은 의미로 많이 사용된다. 그중에서도 가장 안 좋게 쓰이는 사례를 하나 찾자면 바로 '리벤지 포르노'가 아닐까. 사귀었던 연인의 신체나 성관계 장면을 담은 사진 또는 영상을, 헤어진 뒤 복수를 하고자 퍼뜨리는 찌질한 행태. 그 행태에 붙여진 이름이, 바로 리벤지 포르노다.

핸드폰 하나면 무엇이든 촬영할 수 있는 시대다. 손쉬워진 촬영은 리벤지 포르노라는 새로운 범죄의 시대를 열었다. 사실 이제는 촬영 도구가 핸드폰 카메라에 그치지도 않는다. 언제든 손쉽게 구할 수 있는 초소형 카메라로 우리는 숱한 디지털 성범죄에 노출되어있다. 동의 없이 여성을 촬영하고 유포하는 것 자체가 이미 성범죄에 해당하지만, 그중에서도 리벤지 포르노가 더 흉악하게 느껴지는 건, 리벤지 포르노가 담고 있는 관계의 특수성, 즉 범죄자와 피해자가 연인이라는 점 때문이다.

리벤지 포르노의 피해자는 대부분 여성이고, 그 가해자는 헤어진 연인 관계의 남성이다. 한때는 제일 사랑했고 밀접했을 사이의 연인을, 단지 헤어졌다는 이유로 범죄의 대상으로 사용해버리는 마음은 얼마나 더러운가. 자신이 가지지 못할 것이라면 만인이 뜯어보게 만들겠다는, 가장 치욕스러운 상처를 주고 말겠다는 그 더러운 마음. 그것은 공중화장실에서 얼굴도 모르는 변태가 나를 촬영한 것과는 차원이 다른 충격과 배신일 것이다.

몇 해 전, 한 아이돌 출신의 여자 연예인이 일반인 남성에게 리벤지 포르노 협박을 받으면서 법정 싸움까지 갔던 일을 기억한다. 둘은 연인이었다고 했다. 사랑했을 것이고, 한때는 영원도 맹세했을지 모른다. 그러나 남자 친구였던 사람에 의해 자신의 나체가 온 세상에 공개될지도 모른다는 사실에 그녀는 넋이 나가 있었다. 얼굴이 사색이 되어 파르르 떨고 있던 모습은 너무나 강렬해서 머릿속에서 내내 지워지질 않았더랬다. 그 일을 겪은 후 그녀는 (그 일 때문만은 아니었지만) 스스로 생을 마감했다. 그 해, 그녀가 겪어야 했을 고통과 불안은 어떤 크기였을까를 오래고 곱씹었다. 다시 살아낼 용기에 자꾸만 타르처럼 엉겨 붙었을 리벤지 포르노의 그 흉악함에 그만 진절머리가 났다.

이 일은 나뿐만 아니라 거의 모든 여성들에게 대단한 공분을 산 일이었다. 그 연예인을 평소에 좋아하지 않았던 여성들조차도 이 사건에 마음 아파했고, 그 누구보다 가해자의 엄중한 처벌을 바랐다. 왜냐하면, 그건 우리도 언제든 겪게 될지 모를, 여성 전체의 일이기도 했으니까.

리벤지 포르노는 어디에서든 일어나고 있다. 알려지면 온 국민이 알게 되는 연예인에게만 일어나는 일도 아니다. 누구나 접근이 용이한 일부 성인 사이트에는 일반인 성관계 몰카가 수두룩빽빽하게 진열되어 있다. 아니, 성인 사이트가 아니더라도 메일이나 카톡방을 통해 얼마든지 쉽게 유포될 수 있다. 그러니 평범한 여성들에게도 리벤지 포르노를 통한 협박은, 얼마든지 실현 가능한 공포이고 불안인 셈이다. 내 가족이 알게 되고, 내 직장동료가 알게 되고, 어쩌면 내가 모르는 어느 사이트에 나도 모르게 내 영상이 유포될지도 모르는 것. 그게 바로 리벤지 포르노의 무서운 점이다.

그리고, 떠들썩했던 여성 연예인의 리벤지포르노 사건 이후, 나는 그 속에서 또 하나의 폭력을 발견했다. "애초에 그런 걸 왜 찍혀? 같이 찍은 여자도 잘못이지"라는 말. 그 말 뒤에 숨은 저의는 '그러니까 네가 정숙했어야지'라는 책임 전가다. 궁금했다. 그런 댓글을 쓰는 사람들은 과연 연인 앞에서 한 번도 옷을 벗은 적이 없는 걸까. 그것이 사진이든 영상이든, 함께 찍은 것이든 몰래 찍힌 것이든, 신체의 일부가 나온 것이든 전라가 나온 것이든, 우선 절대적 잘못은 그

것을 가지고 협박하거나 유포한 남자에게 있는 것 아닌가.

내 연애들을 반추해보건대, 내밀한 사이의 연인 간에 찍는 사진과 동영상에는 서로를 향한 의심 같은 게 녹아있기는 힘들지 않을까 싶다. 오히려 서로에 대한 깊은 믿음이 깔려있기에, 함께한 순간을 찍을 수 있는 것이라고 생각한다. 노골적으로 성관계를 촬영한 영상이라고 해도 마찬가지다. '사랑하는 내 남자 친구가 변태일 것이 뻔하니 영상을 유포하겠구나' 하고 촬영에 동의하는 여성이 과연 어딨을까. 이 남자가 나를 지켜줄 것이라 믿기에, 나를 진정으로 사랑한다면 헤어진 뒤에도 그런 일을 벌이지 않을 것을 확신하기에, 지울 거라고 믿기에, 여자는 촬영에 동의하는 것이다. 남자친구의 인품을 의심하지 않는 것은 물론이고.

그런데 그 약속을 배신했다면, 그건 어디까지나 배신한 이의 잘못이 아닐까. 피해자 여성을 향해 "너도 까졌잖아, 당해도 싸"라는 시선은, 연인을 믿었다가 배신당한 피해자들의 마음에 불을 지르는 2차 가해나 다름이 없어 보인다. 잘 생각해보면, 우리는 그저 운 좋게, 우리가 만났던 남자들이 그런 인성 쓰레기는 아니었을 뿐인지도 모른다. 혼전순결이 아닌 이상 대다수의 연인 사이는 함께 사랑을 나누고, 앞에서 속옷 차림으로, 때로는 나신의 모습으로 밀접한 시간을 공유하기 마련이다. 그러니, 운 좋게 이를 몰래 촬영하거나 유포하지 않은 남자와 연애했다는 이유로, 그렇지 못했던 여성의 삶을 문란하다고 바라볼 자격이 누군가에게 있다고는 생각지 않는다. 지금까지는 어떻게 운이 좋았다고 치더라도 결국 우리 모두는 또다시 잠정적 피해자이기에. 어떤 남자를 만날지, 괜찮아 보였던 그 남자가 나랑 헤어지고 어떻게 바뀔지, 그걸 어떻게 장담한담? 헤어져 봐야 아는 거지.

이런 주제로 친구들과 이야기를 해본 적이 있었다. 여자인 내 친구들과의 대화 끝에 얻는 결론은 슬프게도 딱 하나였다. "어휴 그런 일 터지면 난 자살할 듯", "나도 예전에 전 남자 친구가 혹시 소라넷 같은데 올렸을까 봐 막 찾아본 적 있어", "내가 만난 애들은 그 정도 쓰레기는 아니길 바라야지", "연예인이 아니라서 다행이다"

실제론 아무런 가해를 당하지 않았음에도 우리는 가끔 우리에게 찾아올지 모를 리벤지 포르노를 떠올린다. 하늘을 우러러 과거의 연인들에게 내밀한 차림을 보여주지 않은 적은 단 한 번도 없기 때문이다.

피해자가 아닌 여성들도 그런 공포를 미리 짐작해볼 수 있을진대, 실제로 피해를 본 여성들은 어떨까. 한국여성정

책연구원의 온라인 성폭력 피해 실태에 따르면 결과는 너무나 처절하다. 온라인에 불법 촬영 영상이 유출된 피해자 절반(46.5%)은 자살을 생각한 적 있는 것으로 밝혀졌다. 이 중 40%는 구체적인 자살계획을 세웠고, 19.2%는 실제 자살 시도로 이어졌다고 한다. 단지 헤어졌다는 이유로 분노에 들끓은 누군가의 범죄가, 한때 사랑했던 자신의 연인을 죽인 셈이다.

또한 리벤지 포르노는, 찍힌 영상이 유포되지 않고 단순히 협박만 받았더라도 피해자에게 매우 큰 정신적 충격을 안기는 것으로 나타난다. 41.7%가 협박을 당한 후 자살을 생각하고, 17.5%가 실제 자살로 이어졌다. 리벤지 포르노 피해자들이 겪는 PTSD외상 후 스트레스 장애는 평균 50점 대라고 하는데, PTSD는 25점 이상이면 고위험군으로 진단된다고 하니 이는 고위험을 넘어 죽기 직전의 수준이라 할 수 있겠다. (직업적으로 PTSD에 시달리는 소방관들도 45점이 넘으면 즉시 치료를 받는 것으로 알려져 있다)

이런 피해자들을 더 힘들게 하는 건 또 있다. 리벤지 포르노를 행한 범죄자들의 경미한 처벌 수위다. 현재 모 연예인의 리벤지 포르노 사건 이후 개정된 성폭력범죄의 처벌 등에 관한 특례법은 이러하다.

제14조(카메라 등을 이용한 촬영) 「개정 2018. 12. 18.」

① 카메라나 그밖에 이와 유사한 기능을 갖춘 기계장치를 이용하여 성적 욕망 또는 수치심을 유발할 수 있는 사람의 신체를 촬영 대상자의 의사에 반하여 촬영한 자는 5년 이하의 징역 또는 3천만 원 이하의 벌금에 처한다.

② 제1항에 따른 촬영물 또는 복제물(복제물의 복제물을 포함한다. 이하 이 항에서 같다)을 반포·판매·임대·제공 또는 공공연하게 전시·상영(이하 "반포 등"이라 한다)한 자 또는 제1항의 촬영이 촬영 당시에는 촬영 대상자의 의사에 반하지 아니한 경우에도 사후에 그 촬영물 또는 복제물을 촬영 대상자의 의사에 반하여 반포 등을 한 자는 5년 이하의 징역 또는 3천만 원 이하의 벌금에 처한다.

③ 영리를 목적으로 촬영 대상자의 의사에 반하여 정보통신망 이용촉진 및 정보보호 등에 관한 법률 제2조 제1항 제1호의 정보통신망(이하 "정보통신망"이라 한다)을 이용하여 제2항의 죄를 범한 자는 7년 이하의 징역에 처한다.

5년에서 7년. 꽤 합당한 처벌이 이루어지겠다고 생각할 수도 있겠지만 이것은 단지 명시된 양형 기준일뿐, 실제 판결에서는 형량이 더 낮아진다. 초범이라는 이유로, 진심으로 뉘우친다는 이유로, 술을 마신 심신 미약 상태였다는 이유로 말이다. 말 그대로 정말 최고로 형을 때려봐야 7년이라는 이야기이다. 그 사이 피해 여성은 삶이 무너지기도, 생을 마감하기도 하는데, 가해자들은 평균 1-2년 정도의 징역을 살고 보통의 삶으로 복귀한다면… 그것이 과연 합당한 처벌일까? 고개가 절로 저어진다.

처벌이 더 강력했더라면, 촬영물을 유포하거나 협박하는 것으로 가해자의 인생도 무너지고 박살이 날 만큼 법이 무서웠다면, 오늘날처럼 리벤지 포르노가 이렇게 횡행할 수 있었을지에 대해 곰곰이 생각해보게 된다. 연인의 양심에 기대기엔, '그러니까 찍히질 말아야지'라는 말에 따라 여성들이 조심하기엔, 법이 너무 가해자에게 관대한 것은 아닐까?

사랑은 유효하다. 하지만 사랑 속을 걷고 있는 연인들은 그 사랑의 유효함을 알 수 없다. 더구나 나를 열렬히 사랑하는 남자가 헤어진 뒤 우리의 소중한 추억을 변소 같은 공간에 뿌려대며 나를 능욕할 거라는 생각은 더더욱이 할 수 없다. 사랑은 눈을 멀게 하니까, 나와 사랑에 빠진 남자는 내 눈엔 정말 멋진 남자니까. 그러니 그 남자를 사랑해서 믿었던 마음에 무슨 잘못이 있을까. 잘못은, 아주 손쉽게 여성의 삶을 무너뜨릴 방법이 남성들의 손에 공공연히 쥐어져 있다는 그 사실, 그렇게 한다고 해도 별로 무서운 처벌을 받지 않는다는 사회의 허술함일 것이다.

법이 바뀌지 않으면, 더욱이 기승을 부리는 디지털 성범죄를 뿌리 뽑지 않는다면, 리벤지 포르노는 영원히 사라지지 않고 여성들을 괴롭힐 것이다. 나를 차 버린 그녀를 가장 고통스럽게 만들 방법으로 여전히 그만한 방법이 없기 때문에. 그녀는 무너져도 나는 무너지지 않는다는 걸 가해자가 알고 있기에. 우리는 이 아이러니를 반드시 바로잡아야 할 것이다.

임신을
중단할 권리

중학교 1학년 성교육 시간. 선생님은 한 비디오테이프를 가져와 틀어주셨다. 낙태 시술을 하는 과정이 담긴 영상이었다. 여성의 자궁 안으로 무섭고 차갑게 생긴 의료용 가위가 들어와 마구 도망치는 태아의 신체를 싹둑 자르는 장면. 영상은 끝날 때까지 그렇게 허무하게 잘려 나간 태아만을 비추었다. 그걸 보는 열네 살 우리들은 "으으윽"하며 고통스러워했고, 절대로 뱃속의 생명을 해치는 일 따위는 하지 말아야겠다고 다짐했다.

내가 중학생이던 2000년대에는 낙태가 얼마나 비겁하고 야만적인 행동인지를 꼬꼬마 학생들에게 알리는 것이 성교

육의 일부였다. 그래서 그때는 몰랐다. 그 과정에 '산모'는 들어있지 않다는 것을. 더불어 산모가 아닌 '태아'만을 비춤으로써 영상을 제작하는 어떤 이의 주관적 의도도 함께 담겨있다는 것을.

낙태가 죄라고 이야기하는 사람들은 흔히들 "생명을 죽이는 것은 나쁜 짓"이라는 말을 한다. 그런데 이 논리에는 예전부터 무언가 하나가 빠져있었다. 그들이 말하는 '생명'에 산모를 포함하지 않는다는 것이다. 아직 태어나지 않은 뱃속의 태아는 생명으로 여기지만, 힘든 결정으로 차가운 수술대에 올랐을 산모는 그들의 논리에서 완전히 배제되어 있었으니.

나는 항상 궁금했다. 생명은 소중하니까 원치 않는 아이여도 낳아야 된다고 한다면, 그로 인해 정상적인 취업이나 학업을 포기한 채 평생 저소득의 삶을 이어가야 하는 산모의 삶은 누가 책임져주는 걸까. 대통령이? 시장이? 구청장이? 원치 않는 출산을 강행했다고 해서 사회가 여성들을 칭찬해주거나 돌봐주었던가? 원치 않는 출산으로 생계에 허덕이고 있는 여성에게 "생명을 중시했으니 자네 잘했네, 자네를 특별 채용하도록 하겠네" 하는 곳이 있었던가? 내가 아는 한, 사회는 그런 여성들을 미혼모라고 낙인찍거나 문란하게 놀았다며 손가락질을 하면 했지, 혜택을 주거나 존중해주지는 않았던 것 같다. 낙태를 해도, 원치 않는 출산을 해도, 결국은 손가락질을 받는 사회. 대체 어쩌란 건지 말이 앞뒤가 맞지 않아 참으로 오래 답답했었다.

그러던 2021년 1월, 대한민국 형법상 낙태죄 조항이 사라지게 됐다. 낙태를 하면 불지옥에 떨어져 평생 폴짝폴짝 뛰어야 하는 줄만 알았던 중학생은, 무럭무럭 자라나 2세 계획을 세우는 유부녀가 되어 이 기사를 접했다. 놀랍고 반가웠다. 여성들에게 원치 않는 임신이란 게 있고, 무참히 잘려 나갈 아이만큼이나 산모의 삶도 중요하다는 사실을 드디어 세상이 인정하게 된 것이다. 그 옛날 교실에서 보았던 영상 속에서는 철저히 가려졌던, 아이를 삶에서 도려내야 할 만큼 아이를 원치 않았을 여성의 삶 말이다.

나 또한 언제든 원치 않는 임신을 할 수 있는 여성의 몸으로 살아왔으며, 살아가고 있다. 그렇기에 여성의 자기 결정권을 우선적으로 존중하기로 한 '낙태죄 폐지'는 여성으로서 기념비적인 일이 아닐 수 없었다. 하지만 기쁨도 잠시, 마음은 다시 무거워졌다. 단지 형법상으로만 낙태죄가 사라졌을 뿐, 이에 상응하는 법 개정과 시스템이 아직 갖춰지지 않고 있기 때문이다. 이를 '입법 공백'이라고 한다.

낙태죄에 관한 현재의 입법 공백은 이러하다. 개정안에 따르면, 산부인과 의사는 개인의 신념에 따라 낙태에 관한 진료를 거부할 수 있으며, 낙태를 할 때는 국가가 지정한 상담 기관에서 상담을 받아야 하고, 24시간의 숙려기간까지 거치게 되어있다고 한다. 풀어서 말해보자면 이렇다. "이제 낙태는 죄가 아니에요"라고 해놓고, 낙태를 위해 산부인과를 찾은 여성에게 "아 저희 병원은 그런 야만적인 짓은 하지 않습니다"라며 의사가 얼마든지 거절을 할 수 있다는 것. 또한, 국가가 지정한 상담 기관에 가서 '낙태를 정말 할 거냐 말 거냐, 왜 하느냐' 하는 상담을 받아야 한다는 것. 그것으로도 모자라 무려 24시간 동안 "정말로 낙태하실 건가요? 다시 한번 생각해보시죠"라는 말이나 다름없는 숙려기간을 통해 회유당해야 한다는 것. 이 정도면 사실, 여전히 여성들이 낙태하는 것을 반대하고 '낙태는 나쁘다'라고 죄책감을 얹는 실정에 가까워 보인다.

법의 공백 외에도 또 다른 모순이 있다. 바로 낙태에 대해 널리 퍼져있는 잘못된 상식이다. 흔히 '낙태'라고 하면 마치 이미 모든 것이 다 형성된 온전한 아기를 가위로 짓이기는 영상을 쉽게 떠올리지만, 대부분 낙태를 택하는 여성들이 임신을 인지하는 기간은 통계적으로 평균 임신 5.7주 차에 해당한다. 이 시기에는 대부분의 유전 형질이 결정되지만 배아임신 후 10주까지에 해당의 크기는 2-4cm 정도로, 아직 태아임신 11주부터 출생까지라고 할 수 없는 단계에 해당한다. 그러나 고작 열네 살밖에 안 된 중학생에게 충격을 주기 위해 보여준 비디오테이프는 어떠했는가. 영상 속에서 비춰진 건 얼굴과 팔다리가 모두 갓난아이처럼 선연히 존재하는 6-7개월 차의 제법 큰 태아였다.

임신을 원하지 않는 여성이 6-7개월까지 뱃속에 아이를 품는 일이 얼마나 될까. 대부분의 여성이 임신을 자각한 지 얼마 되지 않아 병원을 찾아 늦어도 8주 차 이내에 시술을 한다. 심지어 무자비하게 태아를 절단하기는커녕, 임신 초기에는 얼마든지 약물적 낙태 시술이 가능하다. (현재 주요 유럽 국가에서는 70% 이상이 약물적인 임신 중지 방법을 선택하고 있다.) 실제 '낙태'라는 단어가 가져다주는 엽기적인 이미지와 현실의 시술 간에는 큰 괴리감이 있음을 보여주는 대목이다.

출산 막바지에 자행된 기괴한 낙태 영상을 통해 아이들에게 '낙태는 여성의 죄'라는 트라우마를 심어주는 과거의 성교육은 그러니 얼마나 폭력적이고 무식했는가. 생명존중이라는 이름으로, 한 번의 실수가 여성의 삶 전체를 옭아매도록 부추기는 것은 또 얼마나 무책임한 일인가. 입법과 더불어 사회적 인식 자체도 함께 개선하려는 노력을 기울이지 않는다면, 제아무리 법이 폐지됐다 하더라도 여성들은 '무자비한 여자, 생명을 존엄하게 생각지 않는 여자'라는 낙인을 달고 살아갈 수밖에 없을지도 모른다.

안다. 뱃속의 생명과 산모를 둘 다 해치지 않으면 가장 좋을 거라는 걸. 그래서 우리는 매사 철저히 피임을 하도록 교육받고, 편의점 어디에서나 상비약처럼 콘돔을 구입할 수 있는 삶을 살고 있다는 것을. 하지만 어디 상황이 그렇게 매사 똑 부러지게만 흘러가던가. 우리가 손쓸 수 없는 예외적인 상황들은 어디에서나 발생한다. 꼭 강간이나 친족 임신 같은 경우가 아니어도, 원치 않는 임신은 언제든 곳곳에서 벌어질 수 있는 일인 것이다.

세상의 모든 태아는 밖으로 나오면 자신의 의도와 상관없는 세계를 받아들여야 한다. 그게 이 세계의 룰이다. 나를 원치 않는 부모에게서 태어나 보육원이나 입양기관에 맡겨질 수도 있고, 평생 생물학적 아버지를 증오하도록 성장할 수도 있으며, 사회 경제적으로 누구보다 고통스러운 처지에서 살아가야 할 수도 있다. 잉태의 순간에 축복받지 못할 삶이라면, 과연 태어나서는 축복을 받을 수 있을까. 원망 속에 태어난 태아가 살면서 짊어져야 할 무게나 고통을 손 놓고 바라보는 것은 과연 옳은 일일까. 잉태된 생명을 존중하는 만큼이나, 태어난 이후의 삶에 대해서도 엄중히 생각해봐야 할 일이다.

떨어질 낙落, 아이 밸 태胎. 한 때는 '아이를 떨어뜨린다'는 표현으로 쓰였던 이 단어는 요즘 들어 '임신 중지' 또는 '임신 중단'이라는 표현으로 순화되었다. 낙태라는 과거의 단어에는 산모의 삶이 담겨있지 않았다. 내가 원할 때, 내가 축복해줄 수 있을 때 아이를 낳을 수 있어야 한다는 여성관을 담아 새로이 만들어진 말이 바로 '임신 중지'라는 말이다.

낙태, 임신 중지. 그러나 시대별로 그 단어가 어떻게 변했든 이 단어로부터 여전히 배제되어있는 대상도 있다. 바로 함께 관계를 가졌을 '남성'이다. 알다시피 임신은 여자 혼자 하는 게 아니다. 물리적으로 남성과의 접촉이 있어야만 이루어지는 것이 임신이니까. 여성이 원치 않는 임신을 했을 그 한편에는, 피임기구를 착용하지 않은 무책임한 남성이 분명히 함께 있었다. 생명의 잉태에는 언제나 두 성性의 책임이 있다는 것을, 우리가 항상 떠올려야 하는 이유다.

　나는 언젠가 남성의 책임까지도 담아낼 새로운 단어가 생겨나길 바라고 있다. 더불어, 이 각박한 세상에서, 보다 많은 생명들이 원망보다는 축복 속에 태어나기를 바란다. 그렇게 되려면 그 결정권을 그 아이를 만든 여성과 남성에게 줄 수 있어야 한다고 생각한다. 그런 세상을 만들기 위한 의무가, 사회 그리고 우리의 시선에 무겁게 달려있다.

애 아빠가 누구인지
묻지 않는 사회

내가 아주 좋아하는 미국 드라마 「섹스 앤 더 시티」에는 이런 장면이 나온다. 결별한 남자친구와의 사이에서 아이를 갖게 된 여성 '미란다'가 결국 싱글맘이 되기로 결정하고 베이비샤워baby shower*를 하는 장면이다.

맨 처음 이 장면을 보았을 때 나는 신선한 충격을 받았었다. 우선 아이를 낳는데 '아빠'를 필요로 하지 않는 임산부 미란다의 모습에서 1차 충격을 받았고, 베이비샤워를 하러 모인 친구 중 그 누구도 "아이 아빠는 누구야?"라던지 "혼자

---

* **베이비 샤워** 임신부와 태어날 아기를 축복해 주기 위하여 가까운 친지들이 모여 유아용품을 선물하는 서양식 파티.

서 낳다니 어떡하려고 그래!"라고 반응하지 않는 것이 2차 충격이었다.

내가 사는 나라 한국에서는 쉬이 상상하기 힘든 일이었다. 그러나 드라마의 배경인 먼 나라 미국에서는, 여성이 아이를 낳는 데에 필요한 것은 그저 아이를 낳겠다는 여성의 결심뿐이었던 것이다. 모두들 미란다에게 선물을 안기며 앞으로 태어날 새 생명에 대해서만 집중했다. 문화적 충격을 안겨준 실로 놀라운 장면이어서 오래고 내 기억에 남았던 것 같다.

만약 이와 같은 상황이 여기, 한국에서 벌어진다면 어떤 장면으로 연출될지 짐작해본다. 일단 '시집도 안 간 딸내미가 아이를 낳다니, 내 딸 인생은 이제 망했구나'라는 표정의 부모님이 등장하겠지. 조금 더 강경한 부모라면 "내 눈에 흙이 들어가기 전에는 안돼. 그 새끼 잡아 와."라는 구태의연한 대사를 읊을지도 모르겠다. 그럼에도 불구하고 끝내 홀로 아이를 낳기로 한 여성이 베이비샤워를 한다면, 소식을 듣고 찾아온 친구들은 조심스레, 그러나 걱정을 한 사발 묻혀 이렇게 물을 것이다. "○○아, 너 정말 괜찮겠어? 처녀가 애를 낳아서 나중에 결혼은 할 수 있겠어…?"라고. 어쩌면 걱정됐던 친구들은 베이비샤워를 빠져나오면서 "우리는 절대 저렇게 살지 말자"하고 그 일을 반면교사로 삼을지도 모른다.

　서양권의 드라마를 보면서 나는 이런 문화의 차이를 자주 간접 경험해왔다. 그 문화충격의 첫 물꼬를 터준 것은 단연, 지금 생각해도 매우 진보적인 드라마 「섹스 앤 더 시티」였다. 나는 스무 살이 되어서야 이 드라마를 알게 됐지만, 사실 이 드라마가 방영되던 시대는 바야흐로 1990년대 후반에서 2000년대 초반이다. 그 당시의 우리나라는 어땠던가. 내 기억으로는, 결혼 전에 남자와 동거했던 며느리를 범죄자 취급하던 내용의 연속극이 버젓이 방영되던 시절이었다. 아직도 기억이 난다. 당시 중학생이었던 나는, 여주인공이 시댁으로부터 동거 전과(?)가 발각되어 온 집안이 뒤집어지고 질타를 받던 그 드라마를 보면서 생각했다. 아, 결혼 전에 (특히나 여자가) 동거 경험이 있는 것은 크나큰 죄악이구나, 정말 질 나쁜 여자들이나 그러는 거구나, 하고 말이다.

　그런 문화권에서 성장한 내게, 내 나라의 연애와 결혼관이 생각보다 심히 보수적이라는 걸 깨닫게 해준 건, 바깥의 세상이었다. 섹스 앤 더 시티, 프렌즈, 모던 패밀리, 가십걸 등등 많은 미국 드라마들이 내가 가지고 있던 관념들이 당연한 것이 아니라고 일깨워주었다. 나는 이러면 큰일 난다고 배웠는데, 미국 드라마에서는 아무런 문제가 되지 않는 것들이 너무나도 많았던 것이다.

남편 없이 혼자 아이를 낳기로 결심한 미란다는 빙산의 일각에 불과했다. 잠자리를 허락하는 것은 여자의 온 마음을 허락한 것이나 다름없다고 어른들로부터 귀가 아프게 듣고 배웠으나, 미드를 보면 그놈의 잠자리와 연애는 절대적으로 별개의 문제였다. 미드 속 멋진 그녀들은, 남자랑 잠좀 잤다고 자신의 온 마음을 내어줬다며 쩔쩔매기는커녕, 자보고 나서 사귈지 말지 결정하거나 그저 하룻밤의 즐거운 해프닝으로 가볍게 넘길 줄도 알았다. 더불어 여자도 남자처럼 유희적인 섹스를 즐길 수 있는 주체라는 걸 깨달았을 때는 모종의 희열까지 느껴졌다. 어디까지나 여성은 순결을 '빼앗기는' 존재로만 알고 있었기 때문이다.

결혼도 마찬가지였다. 미드 속에서 묘사되는 결혼은, 마음이 맞는 두 사람의 약속일 뿐이며 '집안과 집안의 만남'이라는 우리나라 결혼 준비 18번 대사 따위는 들어볼 수조차 없었다. 그러니 부모가 결사반대한다고 야반도주를 하거나, 눈물을 머금고 헤어지는 장면 또한 당연히 보기 힘들었다. 그들이 결혼을 위해 부모에게 하는 행동은 '허락을 구하는 것'이 아니라 '통보'에 가까운 느낌이었다. 우리나라와는 달리 그 나라의 부모들은 자식의 배우자감을 평가하거나 승인하는 수직적인 존재가 아니었던 것이다.

문화는 그런 것이었다. 당연하다고 믿었던 것들이 실은 당연하지 않을 수도 있는 것. 한 사람의 사고를 제한하고 더 큰 것을 보지 못하게 하는 것. 문화는 그렇게 말없이 조용하게, 개개인의 사고에 깊이 뿌리를 내리고 진득하게 배어가는 것이었다. 내가 정답이라고 여기며 살아왔던 내 나라의 문화가 실은 작은 요강만 한 크기였다는 걸 깨달았을 때, 나는 혼란스러웠다. 내가 답답하다고 느끼면서도 철석같이 믿었던 것들을 저 나라의 여성들은 전혀 느낄 필요가 없다니. 부럽고, 억울하고, 때로는 지금이라도 알게 돼서 기쁘기도 했다.

연애에서 성性으로, 연애에서 결혼으로 이어지는 한국만의 특이한 관념들은, 남녀 모두의 사고를 제한하지만 그중에서도 특히 여성을 소극적이게 만드는 면이 있었다. 결혼 전의 다양한 성 경험은 수치스러운 것이라고 여기는 어른들 아래서 자라온 나는, 나도 모르는 사이 여자의 최고 무기는 '정조'라는 세뇌를 품고 살아왔으니 말이다. 만났던 남자친구들은 하나같이 자기 외에 몇 명이랑 자봤는지에 대해 집요하게 궁금해했고 그때마다 나는 선의의 거짓말을 해야 했다. 남녀가 합의하에 나누는 섹스를 두고 한국의 어른들은 '여자가 몸을 준다'는 표현으로 겁을 주었고, 내 또래 친구들은 너 나 할 것 없이 성 경험을 어른들에게 들키지 않으려 애쓰며 20대를 보냈다.

그러니 미혼모에 대한 시선은 말할 것도 없었다. 남편 없이 홀로 아이를 낳은 여성은 되바라진 여성이고, 어딘지 결함이 있는 사회구성원 취급을 받고 마니까 말이다. 그런 여성이 연애라도 할라치면 양심에 털 난 사람이 되고 마는 것은 물론이다. 아이 있는 여자가 연애하고 결혼하지 못할 법은 없지만, 그것을 바르지 못한 것으로 배우고 세습하는 문화가, 그렇게 만드는 게 아닌가 싶다.

반면 또 다른 먼 나라 엘살바도르에서는 이런 일이 벌어지고 있다. 아이를 유산했다는 이유로 여성들이 징역 30년에 처해진다는 것이다. 뱃속에 생긴 아이가 그저 자연적으로 죽었을 뿐인데, 그 나라의 법은 '여자가 아이를 죽였다'고 판단하고 여자에게 낙태법을 적용한다. 엘살바도르는 낙태법을 가장 강력하게 처벌하는 나라 중 하나이며, 심지어 성폭행으로 인한 임신이거나 산모나 태아의 건강이 위험한 상황일 때에도 낙태를 허용하지 않는다고 한다.

요르단이나 이집트, 예멘 등의 이슬람권에서는, 여전히 순결이나 정조를 잃은 여성들을 가족들이 직접 살해할 수 있는 문화가 존재하기도 한다. 집안의 명예를 더럽힌 여성이라며 살해가 허용되는, 이른바 '명예살인'이라는 황당한 문화다. 우리나라 기준으로 보자면 까마득히 미개한 관습이지만, 여성에게 폐쇄적인 그 나라에서는 아주 당연한 관습으로 이어져 오고 있다. 조금 더 나아가, 우리나라의 연애관이 다른 나라의 눈에는 어떻게 보일지 반추해볼 수 있는 대목이기도 하다.

　당연하다고 믿던 것들이 깨지는 순간은 오롯이 다른 세상의 것을 경험할 때다. 내가 갈 수 있는 곳이 제주도뿐 아니라 오대양을 건너 미 대륙과 아프리카까지임을 알 때, 우리는 광야에 견줄 만한 드넓은 사고를 가질 수 있게 된다. 연애에 대한, 성에 대한, 결혼에 대한 생각도 마찬가지다. 다행히도 우리 세대는 그 어느 때보다 여러 나라의 콘텐츠들을 접하며 다양한 문화를 향유할 수 있는 시대를 살아가고 있다. 덕분일까. 확실히 요즘 친구들은 전처럼 보수적이고 여성 폐쇄적인 연애관을 답습하지는 않고 있는 것 같다. 하지만 그것이 일부 깨어있는 자들의 문화가 아닌 대다수의 문화가 되기까지는, 아직도 여자가 함부로 몸을 놀리면 큰

일 나는 줄 아는 우리 부모님 세대들의 노파심을 꺼트리기까지는, 아직 갈 길이 멀어 보인다.

미국의 30대 여성 미란다는, 남편도 남자친구도 없이 오롯이 혼자 아이를 키우고 싶어 했다. 그저 임신을 했으며, 낳기로 했을 뿐이었다. 미란다의 인생은 끝장나지도 않았고, 시즌 6까지 이야기가 이어지는 동안 그녀는 여전히 남자와 데이트하고 결혼할 수 있는 당당한 여성으로 행복하게 살아갔다. 그녀와 데이트하는 남성 중 그 누구도 방에 누워 있는 아기의 존재에 대해 놀라 자빠지거나 하자 있는 여성 취급을 하지 않았다. 그것이 너무도 당연한 세상이, 텔레비전 속에 버젓이 존재하고 있다.

언제봐도 부러운 미드 속의 그녀들을 보며, 나는 오늘도 꿈꾼다. 언젠가 싱글맘들이 당당히 베이비샤워를 하며 축하받는 날이 오기를, 아무도 그녀에게 아이 아빠가 누구냐며 걱정의 눈초리를 보내지 않는 날이 오기를, 여성들이 더 이상 '따먹히'거나 '몸을 내주는' 존재가 아니라 당당하게 성을 대할 수 있는 주체적인 존재임을 모두가 느끼는 날이 오기를. 그런 문화가 너무나 당연해지는 나라가 되기를, 진심으로 꿈꾼다.

비혼의 삶을
그려보다

내가 20대 초반이던 시절만 해도, 여자가 서른이 넘어가도록 결혼을 안 하면 집안의 골칫거리로 여기던 풍조가 만연했었다. 요즘 시대에 서른은 너무나도 가능성이 많아 결혼에 목을 맬 필요가 전혀 없는 나이지만, 그땐 그랬다. 이웃집에 결혼 안 하고 30대를 넘긴 남의 자식이 있으면 동네 모든 어른들이 한 번씩 혀를 끌끌 찼다. "쟤는 시집도 안 가고 여태 뭘 한대…." 하고 오지랖을 부리면서 말이다.

그 시절 여성을 대하는 고지식함은 때때로 말도 안 되는 말들을 진리인 양 양산하기도 했다. 여자가 너무 학력이 높으면 남자가 부담스러워해서 안 된다는 근거 없는 말은 어림잡아 열댓 번은 들어본 것 같다. 능력이 뛰어난 여자보다는 젊고 예쁜 여자가 더 인기 있는 신부라던 얘기도 심심찮게 들어본 것 같다. '여나깡^{여자는 나이가 깡패}'이라는 말도 다 거기서 비롯된 게 아니겠는가. 모름지기 서른아홉의 유능한 전문직 여성보다는, 대학을 갓 졸업한 24세 무직 여성이 더 좋은 신붓감이던 시절. 그런 시절이니 비혼이란 말은 당연히 있지도 않았고, 결혼하지 않은 여자는 어디까지나 '미혼'. 즉 결혼하지 '못한' 상태로 간주되기 일쑤였다.

그 시절 여성들에게 결혼하지 않은 상태가 주는 가장 큰 두려움은 과연 무엇이었을까. 혼자라는 외로움? 사회적 시선? 아니면 결혼이라는 두 글자가 안겨주는 어떤 소속감과 안정감을 얻지 못한다는 것? 하지만 결혼이 곧 안정이라는 보장은 과연 어디 있는가. 불행으로 종결되는 결혼이 세상에 얼마나 많은데. 시대의 흐름에 따라 결혼관도 학습되는 거라면, 우리는 결혼이 개인에게 안정을 가져다주는 장치라고 어른들로부터 세뇌당해왔는지도 모른다. 실은 나도 그 주문에 세뇌당한 사람 중 하나였고 말이다.

20대까지만 해도 나는 내 삶에 반드시 결혼이 필요하다고 믿어 의심치 않았다. 나중에 이혼을 하더라도 일단 결혼은 꼭 해야겠다고 생각했던 것 같다. '남들 다 하는 건 다 해야지'라는 무언의 압박과 '노처녀로 늙으면 불쌍해 보이지 않을까' 하는 조바심이 가슴 깊이 자리잡고 있었다. 무엇보다 결혼을 안 하면 어딘가 문제 있는 사람이라고 인증이 되는 것 같은 공포감도 들었었다. 그러니 나에게 결혼이라는 제도가 필요한지 아닌지 깊은 통찰을 해볼 일은 당연하게도 없었다.

그런 것 치고는 참 다행이다. 통찰 없이 택한 결혼이었지만 나는 매우 어질고 성실한 배우자와 만나 살고 있으니까. 하지만 나는 안다. 내가 행복한 결혼생활을 이어가는 건, 단지 이번 생에 용케도 운이 나를 붙들어주어서 가능한 것일 뿐이란 걸. '남들이 하니까', '나이 먹고 결혼 안 하면 어딘가 하자 있어 보이니까'라는 이유로 계속 살았더라면, 나는 분명 위험한 결혼에 내 미래를 걸었을 수도 있었다.

20대의 내가 결혼 없는 내 미래를 그토록 불확실한 모험으로 여겼던 건 왜였을까. 비혼이 지금처럼 대중화되어있지 않은 사회 분위기도 있었겠지만, 아무래도 내 주변에 믿고 따를만한 비혼 모델이 없다는 게 가장 큰 이유가 아니었을까 싶다.

그 당시 내 주위에는 아무리 둘러보아도 비혼으로 행복하고 멋지게 살고 있는 언니가 없었다. 남자의 반응에 전전긍

긍하며 결혼 가능성을 점쳐보는 언니들이거나, 굳이 결혼은 생각 없다면서도 그렇다고 자기 삶을 온전히 책임질 능력은 전혀 없는 언니들이 많았다. 그녀들을 보면 마음속에 불안 감부터 차올랐다. 그래서 결혼에 연연하지도 않으면서 혼자서 삶을 충분히 꾸려나갈 능력이 되는 멋진 언니들은 이론으로만 존재하는 이상적 존재인가 보다, 하고 생각했다. 있다는 이야기는 들어봤으나 본 적은 없는 유니콘이나 옥수역 귀신같은 존재.

그러던 내가 최근 비혼의 삶에 대해 새로이 생각해보게 된 사례가 하나 있었다. 바로, 영원한 디바 엄정화 언니다.

그녀를 감히 언니로 불러도 되는지는 모르겠으나 한번 그리 불러 보겠다. 바야흐로 MBC 예능프로그램 「놀면 뭐하니」에서 '환불 원정대'로 나온 그녀를 보았을 때였다. 물론 엄정화 언니가 비혼을 고집하거나 공개적으로 비혼을 선언한 적은 없었다. 다만 결혼에 서두르지 않는 그녀의 모습과, 이미 혼자로도 충분히 행복해 보이는 그녀의 일상이 나를 환기시켜 주었다. 그녀의 멋짐이 단지 20대처럼 잘 가꾸어진 얼굴과 몸매에서 온 것만은 아니라는 것도 그때 처음 느꼈다. 그녀에게는 후배들을 대하는 원로 선배로서의 겸손함이 있었고, 나이에 제약받지 않는 투명한 도전정신이 있었다.

환불 원정대가 끝나고 난 뒤에 어린 후배 '화사'와 함께한 싱글 앨범「호피무늬」무대도 마찬가지였다. 나는 너무나 충격을 받아서 먹던 밥도 멈추고 그녀를 오래도록 쳐다보았다. 젊음의 절정기라 할 수 있는 20대 화사에게도 없는 그 무언가가 엄정화에게 있었기 때문이다. 그것은 자신의 삶을 온전히 책임질 수 있는 힘이 있는 여성이 가진 여유, 삶에 대한 긍지와 관록 같은 것들이었다.

방송을 통해 보게 된 그녀의 집 또한 자극의 연장선이었다. 아이가 뛰놀고 남편이 있어야 비로소 완성된다고 짐짓 믿어왔던 그 공간은, 엄정화 그녀만의 감성과 감각으로 꽉 채워져 있었고 그 안에서 반려견 슈퍼와 자유롭게 지내는 그녀의 모습도 외롭기는커녕 매우 만족스러워 보였다. '말이 괜찮지 오십 되고 육십 되면 분명 외로울 거야, 처량할 거야'라고 생각했던 내 편협한 생각이 부서지는 것 같았다. 저렇게 살면 비혼도 괜찮겠다, 하고 처음으로 생각했다.

호피 무늬 슈트를 입고 50대라는 나이가 무색하게 춤을 추고 있는 엄정화의 모습은 그저 젊음에 도전하는 원로가수의 모습만은 아니다. 그녀가 나 같은 결혼 신봉자에게 제시할 수 있는 미래는, 남편 없이도 힘 있고 멋진 여성의 자기

애 그리고 삶에 대한 열정 그 자체다. 세월이 지나도 녹슬지 않은 영혼이란 게 저런 걸까. 그녀를 보면 무언가 마음속에 설명할 수 없는 뜨거운 것이 들어차는 것 같다.

물론 이제 나는 돌이킬 수 없는 3년 차 유부녀다. 결혼을 후회하기는커녕 오히려 건강한 배우자와 함께 살면서 더 행복해진 나지만, 좋은 표본으로 삼을만한 비혼 모델들을 하나둘씩 발견할 때면, 한 번씩 그런 생각을 하게 된다. 만약 결혼을 안 했더라면 지금의 나는 어떤 모습일까. 어쩌면 그 나름대로 멋지게 잘 살았을 수도 있었을 거 같은데?

그동안은 그렇게 살아도 와 괜찮구나, 하고 느낄만한 표본 자체가 없었다면 이제는 눈앞에 누가 봐도 행복하고 멋지게 살고 있는 생생한 비혼 여성들이 많아졌다. 비단 엄정화 언니뿐이 아니다. 방송에서, 직장에서, 내 주변에서 행복하고 멋진 싱글라이프를 구가하는 비혼 여성이 점점 많아지고 있다. 더 이상 유니콘 같은 존재가 아니다 보니 그 미래를 그려보는 것도 예전보다는 한결 수월해진 느낌이다.

물론 한 가지 명심해야 할 사실은 있다. 누구나 비혼을 선택한다고 해서 행복이 보장되는 것도, 엄정화처럼 살 수 있는 것도 아니라는 것. 혼자서도 행복할 수 있다는 확신, 자신을 먹이고 재울 수 있는 경제적 능력, 그리고 무엇보다 타인에게 의존하지 않을 수 있는 독립적인 마인드가 뒷받침되어야 만족스러운 '비혼'이 될 수 있을 것이다. 어쩌면 결혼을 선택하기 위해서도 마찬가지겠지만.

결혼만이 정답은 아닌 세상이 조금씩 열리고 있다는 건 감사한 일이다. 선택지가 다양할수록 행복의 스펙트럼도 넓어질 테니까. 사랑하는 남편과 눈에 넣어도 아프지 않은 아이 대신, 기혼자들은 꿈꿀 수 없는 어떤 무한한 가능성과 자기애를 펼칠 수 있는 선택지. 그런 멋진 선택지를 만들어준 비혼 선구자들에게 감사하게 된다. 나는 이번 생에서는 사랑스러운 내 남편과 미래의 아이들을 택했지만, 다음 생에서는 한 번쯤 비혼으로 살아가 보고 싶다.

대도시의 사랑을
이해하기

　박상영 작가의 『대도시의 사랑법』을 읽은 후, 나는 동성 간의 사랑에 관한 생각이 무척 많아졌다. 그동안 스스로를 동성애 지지자라고 생각했던 나였지만, 겉으로만 이해하는 척 너그러운 척했을 뿐 그들의 삶을 진정으로 깊이 이해하고 존중한 적이 없다는 것을 알게 됐기 때문이다.

　『대도시의 사랑법』은, 동성애자인 주인공 '영'이 각기 다른 연인과 만나며 벌어지는 일화를 엮어 만든 연작소설이다. 어렴풋이 짐작만 했던 동성 간의 연애에 대해 매우 구체적이고 풍부한 감정으로 쓰인 이야기들을 읽고 나자, 그동안의 나는 빈껍데기뿐인 연대자였음을 깨달았다. 세상엔 내가 생각했던 것보다 더 많은 삶이 존재하고 있었다. 너무 소수여서 저 멀찌감치 떨어진 삶이 아니라 우리 주변 어디에나 있는, 그저 내가 느끼지 못하고 있을 뿐인 가까운 삶들이었다.

소설 속의 청년 '영'은 여러 차례 연애를 한다. 클럽에서 만난 또래 남자아이 규호와, 열 살 많은 운동권 출신 아저씨와, 만남 어플로 만난 낯선 외국인과… 만나고, 사랑을 나누고, 헤어지고, 슬퍼한다. 그동안 동성 간의 사랑이라곤 몇 편의 영화를 통해 접해본 게 전부였던 나는, 단 한 차례의 일로 끝나지 않고 여러 대상과의 연애를 거듭하는 영의 이야기에 매료되었다. 그들의 사랑이 인생에 걸쳐 어렵게 단 한 번 성사되는 이벤트라고 생각했던 편견이 파사삭 부서지는 순간이었다.

'영'의 곁에는 영과 같은 동성애자들이 늘 존재했다. 어디 외딴 섬에 가서 어렵고 어렵게 상대를 찾아 만나는 것이 아니라 우리가 사는 이 대도시에서, 그들은 서로의 존재를 발견하고 사랑하고 있었다. 규호도, 운동권 아저씨도, 외국인도 모두 영과 멀리 떨어지지 않은 곳에 존재하는 이들이었다. 주변에 알고 지내는 동성애자가 없다고 해서 "내 주변엔 동성애자가 없는데?"하고 믿어왔던 내가 어찌나 부끄럽던지. 단지 내가 아둔했을 뿐인 것을.

그러다 보니, 내 주변에 있을지 모르는 동성애자들을 위해 그동안 내가 배려심을 갖춘 적이 전혀 없었다는 사실 또한 새롭게 깨닫게 됐다. 이를테면 나는 이런 우를 자주 범했다. 결혼적령기를 넘어선 남성들을 볼 때면 인사치레로 "오빠, 오빠는 아직 여자친구 없으세요? 누구 소개해 드릴까요?" 하는 말을 아무렇지 않게 던지곤 했었던 것이다. 그런데, 생각해보면 평범해 보이는 그 질문은 이기적인 질문일 수도 있었다. 왜 나는 결혼하지 않고 있는 남자가 꼭 여자친구가 없어서라고 생각했던 걸까. 그는 어쩌면, 남성을 좋아하는 사람일지도 모르는데. 그 질문은 여자들에게도 마찬가지였다. "언니 왜 남자친구 안 만나요? 이상형이 어떤 남자예요?"라고 아무렇지 않게 던졌던 말들은, 생각해보니 너무도 이성애 중심적인 말들이었던 것이다. 그들이 여성을 좋아할 수도 있다는 생각 자체를 배제한 말. 여자는 남자를, 남자는 여자를 좋아한다는 뻣뻣한 논리하에 흘러나온 말.

보이는 것이 전부가 아닌 때가 많다. 내 주위에 얼마든지 존재할 동성애자들은, 아직 그들을 위해 우호적이지 못한 이 세상에 그들의 동성 연인을 공개하지 못하고 있는 것인지도 모른다. 특히나 한국에서는 아직 많은 용기가 필요한 일이니까. 용기를 냄으로써 무언갈 잃어야 할 수도 있는 그런 세상이니까. 그런 그들에게 내가 해맑게 '이성 친구', '결혼' 이런 이야기를 던져온 거라면, 그때 그들이 느꼈을 마음은 어땠을까를 생각해본다. 그간 내가 얼마나 무례하고 배려심이 결여된 사람이었는지를 여실히 깨달을 수밖엔 없었다.

나는 이성애자로 32년을 살아왔다. 그런 내가 겪어온 고통은 고작, 남자한테 차여서 하는 속앓이나 한국의 보수적인 연애관에서 느끼는 답답함 등이 전부였었다. 내 연애는 최소한 양지바른 곳에 있었다. 어떤 상처를 받건, 어떤 몹쓸 놈을 만나건, 나는 누군가에게 내 연애를 말하고 욕하고 위로받을 수 있는 삶을 살아온 것이다. 하지만 어딘가에는 말할 수조차 없는 사랑이 있다. 모두를 이성애자로 속단하는 세상에서, 그들의 연애는 늘 음지에서, 타인의 눈에 띄지 않게, 숨죽여서 이루어지고 있었을 터.

그런 생각이 든 이후 나는, 공식적으로 연애하고 있지 않은 어떤 사람을 만날 때 습관적으로 '어? 여자/남자친구를 왜 안 만나지?'라는 생각을 하지 않게 됐다. 이성애자들에 의해 굴러가는 이 세상의, 존중받으며 살아가는 이성애자로서, 당연함이라는 폭력에 버무려진 그 질문을 더 이상 던질 수 없게 된 것이다. 나는 이제 묻지 않는다. 결혼하지 않는 누군가를 보면 '비혼주의인가?'라는 생각과 더불어 '아, 이성애자가 아닐 수도 있는 거야'라는 생각을 한번 더 하게 된다.

세상은 나아지고 있고, 그 어느때보다 성적 정체성 sexual identity*에 대한 많은 이야기들이 미디어를 통해 퍼지며 사람들의 인식을 개선시켜주고 있다. 하지만 나는 아직 내 주변에서 동성애자라고 말하는 사람을 보지 못했다. 그건 정말로 없어서가 아님을 이제는 안다. 그들은 분명히 내 주위에 존재하지만, 아직 세상이 그들을 너른 품으로 받아줄 준비가 되어주지 못한 탓에, 오늘도 이성애자의 가면을 쓸 수밖에 없는 건지도 모른다. 그래서 나 같은 철없는 여자애가 "오빠 여자친구 왜 없어요?"라는 무례한 질문을 던질 때에도 그저 사람 좋게 웃으며, "하하 글쎄, 한 명 소개해줄래?"라는 답을 던질 수밖에 없었다는 것을, 늦었지만 이제는 인지한다.

아직도 우리나라 정치권 어딘가에서는 '동성애를 하면 에이즈에 걸린다'는 논리를 펼치는 무식한 정치인이 아무렇지 않게 떠들어대고 있다. 성경 구절을 들먹이며 애초에 예수

* **성적 정체성** 개인이 자신의 성적 지향성을 통해 자신의 성적 본질을 느끼고, 그에 의거하여 인지하는 자신의 정체성을 의미한다. 연애적·성적 이끌림을 느끼는 대상에 따라 이성에게 성적 매력을 느끼면 이성애자, 동성에게 성적 매력을 느끼면 동성애자(레즈비언 또는 게이), 두 성 모두에게 성적 매력을 느끼면 양성애자로 표현된다.

님은 하지도 않았을 말로 성 소수자들을 상처 주는 사람들도 존재한다. 영화나 드라마에서 동성애가 다뤄지면 더 이상 삿대질을 하는 사회는 아닐지라도, 아직은 그들이 편안하게 커밍아웃을 하는 사회도 아닐 터다.

박상영의 소설을 읽은 뒤로, 나는 가끔 유튜브에 동성애 키워드를 검색해본다. 그들의 사랑을 좀 더 깊숙이 알고 싶어서다. 많은 동성애 유튜버들이, 자신의 얼굴을 공개하고 자신의 사랑을 소개하며 동성애에 대한 인식개선에 힘쓰고 있는 오늘날. 더딜지라도 그들의 용기와 노력이 분명 세상을 조금씩 조금씩 바꾸고 있다는 걸 하루하루 느끼고 있다. 그들에게 작게나마 힘이 될 소심한 '좋아요'를 누르며 나는 멀리서나마 응원하고 있다.

그들의 컨텐츠를 보면서 점점 짙어지는 생각이 하나 더 있다. 무지, 평범한 사랑이라는 것이다. 이성애의 사랑과 다를 것이 전혀 없는. 사랑에 빠지고, 입을 맞추고, 서로의 살결과 영혼을 사랑하게 되는 그 벅찬 경험. 평범한 사랑 말이다.

우리는 보고 싶은 것만을 본다. 내가 보는 것이 전부라고 믿는다. 하지만 내가 보지 못하는 것 뒤에는 더 다양하고 깊은 세상이 분명 존재한다. 그리고 그것들을 발견하고 귀 기울이는 순간, 우리는 우리가 함께 가야 할 또 다른 존재들이 있음을 알게 될 것이다. 누군가를 사랑하는 데 제약이 따르지 않는 삶을 평생 누려온 이성애자들이, 조금 더 너른 시각을 가져야 할 때다.

사유리의 출산이
우리에게 시사하는 점

지난 3월. 청와대 국민청원 게시판에 청원글이 하나 올라왔다. 제목은 '비혼모 출산 부추기는 공중파 방영을 즉각 중단해 주세요'였다. KBS 예능 육아 프로그램 「슈퍼맨이 돌아왔다」 출연을 예고한 방송인 사유리를 저격한 청원이었다. 나는 이 청원을 보고 무척 마음이 아팠다.

청원의 내용은 정리하자면 이러했다. '올바른 가족관과 결혼관, 출산을 장려해야 할 공영방송이 비혼모를 방송에 출연시켜 청소년들과 청년들에게 비정상적인 비혼모 출산을 부추긴다'는 것이었다. 청원의 제목도 놀라웠지만 나는 이 내용에 더욱 충격을 받았다. 사유리의 비혼 출산이 '비정상'이라고 생각해본 적이 없기 때문이다.

사실 나는 이제야 세상이 올바른 다양성을 존중하는 시대에 접어들었다고 생각하며 살고 있었다. 가정폭력을 일삼는 아버지라도 없는 것보단 있는 게 낫다는 통념을 벗어난 시대, 언제든 불행한 결혼생활은 자의적으로 끝낼 수 있는 시대, 그저 혼기가 찼다는 이유로 확신도 가지 않는 상대와 결혼하지 않아도 되는 시대, 결혼을 했으면 꼭 아이를 낳아야 한다는 강박으로부터 자유로워진 시대. 이제야 그런 시대가 열렸다고 생각했는데… 일각에는, 사유리의 비혼 출산을 '비정상'이라고 보는 사람들이 여전히 존재한다는 게 놀라웠다. 심지어 청와대 청원에까지 올려야 할 정도로 공분할 일로 생각하다니, 방송에도 나오지 말라니. 폭력적으로 느껴졌다.

물론 이 청원은 4,000명 미만의 동의를 얻는 데 그쳤지만, 동의한 인원에 상관없이 참 많은 것을 생각하게 하는 해프닝이었다. 이 문제는 흔히들 '정상 가족'과 '비정상 가족'이라는 카테고리로 가족 형태를 나누어 이분화하는 현상과 똑 닮아있기도 했다.

사유리는 2020년 11월, 일본에서 기증받은 정자로 임신한 아들 '젠'을 출산했다. 훔친 아이도 아니고, 적법한 절차를 거쳐 얻은 아이였다. 그런데도 그녀의 출산을 비정상으로 규정하는 시선은 과연 무엇 때문이었을까. 아이를 함께 양육할 아버지가 없다는 것? 결혼을 하지 않고 아이를 출산하고 싶어 하는 마음? 무엇이 됐든, 누군가가 신중히 선택한 가족 형태를 두고 '다름'이 아닌 '틀림'으로 규정하는 이들의 마음은 쉬이 옹호하기가 힘들다. "나는 결혼을 통해 출산을 했으니까, 내 주변도 그랬으니까, 그 방식을 따르지 않는 사람은 이상한 사람이고 잘못된 사람이야"라는 이기적인 심리. 자신에게 아무런 피해를 주지 않았음에도 자신과 다른 선택을 헐뜯으려는 마음속에는, 나는 그렇게 못하는데 너는 왜 그렇게 하냐는 투사*, 즉 자기방어의 심리가 짙게 깔려있는지도 모른다.

  나는 결혼을 원하는 사람이었다. 세상에 확실히 공인된 내 편 하나가 꼭 있기를 20대 때부터 소망해왔다. 그래서 결혼을 했고, 남편과 함께 원하던 결혼생활을 이어가는 중

---

* **투사** 자신의 불만이나 불안의 원인을 해소하기 위해 그 원인을 남에게 뒤집어 씌우는 행동으로 자기방어기제의 일종이다. 받아들일 수 없거나 충격적이거나 당황스러운 생각, 기분, 충동 등을 불안감을 덜기 위해 다른 사람의 탓으로 돌리는 심리를 말한다.

이다. 하지만 나는 아이에 대한 생각은 뚜렷하지 않았다. 나에겐 반려자가 결혼의 지향점이었을 뿐, 아이에 대한 욕심이 별로 없었기 때문이다. 언젠가 낳고 싶으면 낳을 수도 있겠다고 생각은 하지만, 그렇다고 반드시 필요하다는 생각은 하지 못하는 나를, 비정상이라고 생각해본 적은 단 한 번도 없었다. 내 가족이고 내 선택인데 누가 무슨 권리로 나를 비정상으로 규정할 것인가.

결혼을 했으면 으레 떡두꺼비 같은 아이를 낳아 양가 어르신들께 보답해야 한다는 과거의 결혼관은, 결혼한 두 사람의 의사와 라이프스타일을 존중하는 쪽으로 서서히 변화해왔다. 변화를 받아들이자 세상엔 너도 나도 나 같은 사람이 발견됐다. 결혼은 원했지만 아이에 대한 확신은 없는 사람, 평생 반려자와 오붓하게 살아가고픈 가족들 말이다. 이 사람들이 어느 날 갑자기 대규모로 양산됐을 리는 없다. 인정하지 않으려던 시선들 탓에 오랜 시간 자신의 뜻을 밝힐 수 없었을 뿐이었을 테다. '딩크족'이라는 말이 사회에 자리 잡고 그게 하나의 가족 형태라는 문화가 곧게 뿌리내리게 되면서, 아이 없이 사는 부부가 어딘가 하자 있거나 결핍된 부부가 아님을 서서히 이해받고 존중받게 된 것이다. 덕분일까, 요새는 아이 없는 부부를 두고 '저 부부 불임인가 봐'

하고 지레짐작하는 경우는 전보다 드문 것 같다. (물론 아직도 왜 아이를 낳지 않냐며 윽박지르는 어르신들은 존재한다만)

　결혼은 했으나 아이 없이 살아가는 딩크족이 하나의 자연스러운 가족 형태로 존중받을 수 있는 세상이라면, 반대로 아이는 원하지만 결혼은 원하지 않는 사람들도 마땅히 존중받아야 하지 않을까. 딩크족과 비혼 출산은 내 눈에 전혀 다를 게 없어 보인다. 사유리는 딩크족과 반대로, 출산에 대한 생각이 결혼에 대한 생각보다 뚜렷했던 것이니까. 그녀는 실제로 "사랑하지 않는 사람을 급하게 찾아 결혼하고 싶지는 않았다"라고 밝힌 바 있다. 사회가 정의하는 정상 가족을 만들기 위해 남편을 성급히 찾는 대신 아이에 초점을 맞추었을 뿐이다.

　이것을 비정상으로 간주하는 사람들을 향해 한 가지 근본적인 질문을 해보고 싶다. 단지 출산을 위한 도구로 반려자를 선택하는 것이, 정자은행에서 정자를 기증받는 것보다 과연 정말 더 건강한 일일까? 일평생을 함께 살아야 하는 반려자를 아이 때문에 대충 고르고, 평생 불화 속에 산다고 해도, 그래도 아이에겐 '아버지'라는 존재가 그토록 필요하다고 우리는 배워왔으니까? 아니면 결혼을 못 할 바엔 그토록 원하는 아기쯤은 꿈도 꾸지 말고 살아야 하는 걸까. 사회 통념상 결혼이 먼저니까?

사회가 정의하는 대로 살아야만 맞다고 믿었던 사람들, 그래서 혼기가 차면 결혼을 했고, 아이를 낳아야 하니까 아이를 낳았던 사람들에게는, 누군가의 용기 있고 다소 파격적인 행보가 받아들이기 힘들 수 있다는 거, 십분 이해한다. 하지만 이해하지 못하는 것은 잘못이 아니다. 잘못은 자신과 다른 선택이 '틀린 것'이라며 돌을 던지는 폭력성이다. 정 이해하지 못하겠다면 "넌 그렇게 생각하는구나, 나랑은 좀 다르네"하고 지나가면 그만이다. 그것을 줄여 우리는 존중이라 부른다. 소수의 선택을 하는 사람들이 늘 힘들어하는 건, 이해받지 못해서가 아니라 존중받지 못해서임을 그들은 알까.

옳다고 믿었던 모든 가치관과 학설은 언젠가 깨지고 새롭게 변화한다. 전 시대를 통틀어 이 명제는 변한 적이 없었다. 알고 보니 지구는 둥글었고, 투표를 못 하던 여자들은 투표를 하게 됐다. 서른이 넘어 결혼을 못 하면 문제 있다고 여겼던 게 불과 이십 년 전의 일이었으나 요즘은 대다수가 서른이 지나 결혼을 한다. 뿐만인가, 아들이 최고이던 시절은 딸을 더 좋아하는 추세로 변모한 지 오래고, 남자들은 일을 해서 능력을 과시하던 가부장적 마인드를 벗어나 어느덧 돈 잘 버는 와이프를 만나 셔터맨이 되기를 꿈꾸기도 한다.

그러니 과거에는 그토록 '정상'이라며 여겨지던 가족형태도 얼마든지 변화의 도마 위에서 토막 내고 바꿀 수 있는 재료가 아닐는지. 비혼과 딩크족이 변화의 물결을 타고 우리에게 새로운 가족관을 제시했듯, 사유리의 비혼 출산 역시 우리에게 '이런 선택도 있다'는 포문을 열어준 것이라고, 나는 감히 생각하는 바다. 그래서 나는 그녀가 가족관을 저해하는 사람이 아닌, 아이가 있으려면 결혼이 있어야 한다는 우리의 오래된 가치관을 깬 선구자처럼 느껴진다. 꼭 사유리가 아니었더라도 언젠가 등장했을, 우리를 대신해 첫발을 떼는 선구자.

현재 사유리는 국민청원까지 올라오며 찬반양론에 부딪혔던 논란을 깨고, KBS 「슈퍼맨이 돌아왔다」에 활발히 출연 중이다. 이 프로그램은 슈퍼맨으로 지칭되는 아빠들이 아내 없이 홀로 양육을 하며 벌어지는 시간을 관찰하는 것이 주 내용이다. 출연 전부터 반대하는 사람이 많아 걱정했으나, 막상 방송을 통해 지극정성으로 아이를 돌보는 사유리를 보니 웬걸, 더는 그녀가 걱정되지 않았다. 전파를 타고 흐르는 그녀의 모습은 누가 뭐래도 슈퍼맨이었다. 젠의 엄마인 동시에 아빠이기도 한 사유리, 모든 편견으로부터 맞서 싸우며 뚝심 있게 양육을 이어가는 사유리. 그리고 선구자 사유리. 그녀를 누가 슈퍼맨이라고 하지 않을 텐가.

현재 우리나라에서는, 결혼하지 않은 여자가 남성의 정자를 기증받아 아이를 낳는 것이 불법은 아니어도 현실적으로는 힘든 것으로 전해진다. 법률적으로 혼인 관계에 있는 부부만을 대상으로 정자공여시술을 시행하고 있기 때문이다. 게다가 시험관 시술의 경우는 비혼모에게 아예 불법으로 간주되기 때문에, 시험관 시술을 해야 했던 사유리는 한국이 아닌 일본에서 정자 기증과 시험관 시술을 받은 것으로 전해졌다. 한마디로 우리나라에서 결혼하지 않은 한국인 여성이 사유리처럼 비혼 출산을 할 수 있는 방법은 현재, 없는 상태다.

그러나 빗물이 계속 떨어져야 바위에 구멍이 난다고 했다. 세상에는 결혼보다 아이를 더 강하게 원하는 사람들이 분명히 있을 것이다. 소리 내지 않는다고 존재하지 않는 것은 아니다. 그렇기 때문에 사유리가 쏘아 올린 공이, 비혼 출산을 원하는 여러 사람들에게 본보기이자 확신이자 위로가 될 것이라고 믿어 의심치 않는다. 사유리를 시작으로 차곡차곡 빗물이 떨어져, 결국에 자신과 다르면 '비정상'이라고 분류하는 사람들의 경직된 사고를 뚫을 수 있을 것이라고도, 또한 믿는다.

언젠가 내가 아이를 낳게 되어 그 아이가 성인이 된다면, 나는 결혼과 출산에 대한 그 아이의 선택이 부끄럽거나 비난받지 않는 세상을 만들어주고 싶다는 생각을 종종 한다. 사랑하게 된 사람이 동성이어도, 결혼에는 뜻이 없지만 아이를 원한다고 해도, 얼마든지 떳떳하게 자신의 선택을 따를 수 있게 하는 그런 세상. 그런 세상을 물려주기 위해 우리 어른들이 해야 할 일은, 이분화된 선택지가 아닌 다양한 선택지를 만들고 제시해주는 것, 다름 아닌 그것일 테다.

사랑도 가족도
정해진 답은 없잖아요?

영국 드라마 「오티스의 비밀 상담소」를 보며 최근 신선한 계몽의 순간을 경험한 이야길 하고 싶다. 남고생 '잭슨'의 집이 나올 때였다. 수영 특기생인 잭슨의 집에는 그의 코치를 자처하며 살아가는 두 명의 여인이 등장하는데, 띄엄띄엄 드라마를 보기 시작한 나는 처음에 그 두 명의 여인이 잭슨의 엄마와 이모라고 내 멋대로 생각했었다. 꽤나 근사한 잭슨의 집에는 왜인지 아빠가 보이질 않으니, 아마도 잭슨의 부모가 이혼을 했거나 사별하여, 적적해진 엄마가 가족과 함께 사는 거라고 여겼던 거다.

그런데 나중에야 잭슨의 집에 있던 두 명의 여인이 둘 다

'엄마'임을 알게 되고는 내 예상치 못했던 선입견에 그만 놀라고 말았다. '둘 다 엄마'라는 말에 혹시나 독자분들도 빠르게 의미가 파악되지 않는다면 우리 모두는 아마도 같은 선입견에 세뇌되어있는 것일 테다. 가족의 구성원은 '엄마+아빠+아이들'이라는 어떤 공식 말이다. 한부모 가정과 다문화 가정이 점점 늘어남에 따라 가족의 다양성도 점차 존중되고 있는 사회라지만, 잭슨 가족의 경우는 한국인 사고에서의 다양성을 넘어서는 것이었다. 잭슨의 집에 있던 두 명의 여성은 사실 동성 커플이었던 것이다. 동성연애로 맺어진 결혼, 두 명의 엄마.

나도 깨달았을 땐 아차 싶었다. 동성결혼이 아직 합법이 아닌 나라에 살고 있는 나는 나도 모르게 어떤 편견 속에서 가족을 이해하고 있었던 게다. 여자 둘이 살고 있으면 친한 친구나 자매지간일 거라고 간주해버리다니. 아직 엄마와 엄마로 이루어진 가족을 보지 못한 사람의 사고 회로는 이토록 직선적이다.

아무리 계몽하려 애써도, 결국엔 자신이 속한 나라의 주된 정서와 사고에 갇힐 수밖에 없는 것이 인간임을 깨닫는 순간이었다. 우물 안의 개구리처럼 생각하지 않으려면, 미드든 영화든 책이든 사고를 깨부수고 확장할 수 있는 것들을 끊임없이 경험해야 한다는 생각도 함께 들었다.

사실 나는 사회가 만든 '평범한 4인 가족'이라는 개념 때문에 매우 힘든 시절을 보낸 장본인이기도 하다. 어릴 적부터 엄마가 가장이 되어 돈을 벌어야 하는 가정 속에서 자란 나는, 주로 아빠가 돈을 버는 집의 아이들과 대화할 때면 알 수 없는 자격지심에 시달리곤 했었다. 아무리 텔레비전을 틀어 다른 가족을 살펴보아도 우리 집 같은 가족은 나오지 않았다. 그래서 나는 부모님의 직업란을 적어야 하는 일, 아빠를 모셔오라는 이야기 같은 남들에겐 아주 평범한 일들에도 예민하고 날카롭게 반응하며 성장할 수밖에 없었다.

물론 다 큰 성인이 된 지금에서는 그게 내 잘못이 아니라 사회가 뻣뻣하고 네모나기 때문이란 걸 잘 안다. 다른 집 애들은 공감이 안 될지 몰라도, 우리 집에서 능력 있었던 건 엄마였고 오히려 난 그런 엄마 덕분에 생활력 강하고 독립적인 여자로 클 수 있기도 했다. 남들과 조금 다른 가족 형태 속에서 큰 나는 지금 따뜻한 내 가정을 이루었고, 한때 나를 괴롭혔던 가족 콤플렉스는 시간이 지나며 한 꺼풀 벗겨졌더랬다.

하지만 시대가 아무리 변화해 다양성이 확대되었대도, 아직도 세상이 예전의 그 뻣뻣한 네모의 각을 유지 중이라고 느낄 때가 있다. 엄마들도 밖으로 나가 돈을 버는 일이 많아졌지만, 그렇다고 아빠가 살림을 하는 형태는 아직 낯설게 받아들여지고 있고, 동성 간 결혼이 합법이 아니니 얼마나 많은 동성애 커플들이 인정받지 못하는 사실혼 관계를 유지 중인지 가늠할 수 없기 때문이다. 그런 국가에 살고 있으니 레즈비언 부부를 보고도 "엄마랑 이모인가?" 하는 구태의연한 짐작이 가능해지는 것일 테고 말이다.

일반인이 질문을 올리면 전문가가 답변을 달아주는 한 포털사이트의 질문란에서 어느 날 이런 질문을 발견한 적이 있다.

저는 동성애자입니다. 동성결혼을 하고 싶은데, 동성결혼이 합법인 나라에서 결혼을 하고 들어오면 우리나라에서 인정이 될까요?

라는 질문이었다. 이에 대한 변호사의 답변은 이러했다.

동성결혼이 합법화된 나라에서 합법적으로 인정받은 동성 부부가 한국에 입국한다고 하더라도, 대한민국의 법에는 동성 커플의 법적 지위를 보호하는 법률이나 규정이 전혀 없습니다.

이 답을 보고는 잠시간 마음이 먹먹했다. 사랑하는 이와 혼인 관계를 맺고 싶은 간절한 이에게 '우리나라에서는 희망이 없어 보이네요'라고 무심한 선고를 내리는 것처럼 들렸기 때문이다. 일말의 희망을 품고 올린 질문에 전문가의 확언을 들은 질문자는 어떤 기분을 느꼈을까. 절망했을까. 태어난 나라를 원망했을까.

　세상에는 다양한 형태의 가족이 존재하지만, 그 다양성이 완전히 존중받기 위해서는 갈 길이 아득해 보인다. 아직도 누군가는 법망의 바깥에서 외면당하고 있기 때문이다. 법으로 인정받을 수 없는 가족이니 혜택도 복지도 없고, 따스한 시선을 기대하기란 더욱이 힘들다. 단지 소수여서가 아니라, 나라가 허용하지 않기 때문에 소외되어 가는 가족들. 가끔 그들을 생각하면 모두의 축복과 공인 속에 결혼식을 올린 내 삶이 얼마나 감사해야 할 일인지를 느낀다.

　영국 드라마에서 보았던 두 명의 엄마는, 동성결혼을 통해 가정을 이루었고 슬하에 아들 하나를 둔 채 자연스레 살아가고 있었다. 그런 나라에서 자란 아이들은, 적어도 "너네 집엔 왜 아빠가 없어? 엄마 옆에 저 여자분은 누구셔?"라는 질문은 하지 않을지도 모른다. 본 적이 있고, 사회가 공인하고, 그래서 그런 가정이 있노라고 인지하며 크는 아이들에게는 정형화된 가족의 개념이 없을 테니까.

내 아이가 자라게 될 세상에서는, 지금보다 더 다양한 가족이 법의 테두리 안에서 따뜻한 지지를 받기를 바라본다. 어릴 적 부모의 직업란 앞에서 몇 번을 망설이다 아빠의 직업을 꾸며냈던 나처럼, 또 다른 아이들이 불필요한 수치심 속에 자라지 않으면 하고 바라는 마음에서다.

돌아온 싱글들의
라이프

최근 방송가에 새로운 바람이 불고 있다. 이른바 돌싱*의 바람이다. SBS 「신발 벗고 돌싱포맨」, JTBC 「내가 키운다」, MBN 「돌싱글즈」까지. 이 프로그램들에는 모두 돌싱 출연 자들이 등장한다. 「신발 벗고 돌싱포맨」은 이혼한 남성 연예인들이 등장해 허심탄회하게 이혼의 소감을 밝히며 살아가는 모습을, 「내가 키운다」는 이혼한 뒤 홀로 육아를 하며 살아가는 여성 연예인들의 현실 육아 모습을, 「돌싱글즈」는 이혼한 일반인 남녀들이 모여 새로운 사랑을 찾아 나가는

---

* **돌싱** 사별이나 이혼 따위로 다시 혼자가 된 사람. '돌아온 싱글'을 줄여서 이르는 말

모습을 그리는 리얼 관찰 예능이다.

이런 방송가의 바람은 분명 전과는 달라진 사회 분위기를 반영하고 있다. 첫째는 그만큼 돌싱, 즉 이혼하는 인구가 많아졌다는 뜻이겠다. 통계청이 발표한 혼인·이혼 통계에 따르면 2020년 한 해 이혼 건수는 10만 7,000건이다. 이를 환산하면 인구 1,000명당 2.1명이 이혼한 꼴이다. 통계를 떠나서라도, 이제 이혼은 먼 나라 아무개의 일이 아닌 내 주변에서 심심찮게 들려오는 자연스러운 일이 되어가고 있다. 둘째는, 더는 이혼을 터부시하거나 흠결로 여기지 않는 시대적 분위기의 반영일 테다. 모름지기 요즘 세대에게 이혼은 실패나 수치스러운 일이 아니라 하나의 선택이다. 갈수록 타인의 시선보다는 개인의 주체성을 중시하게 되기 때문이 아닌가 싶다.

그런 의미에서 돌싱 콘텐츠들은 사회의 분위기를 반영해 만들어진 프로그램인 동시에, 역으로 시청자들에게 돌싱남녀의 솔직한 이야기들을 들려주며 이혼에 대한 간접경험의 장을 열어준다는 점에서 특별한 시사점이 있어 보인다.

「신발 벗고 돌싱포맨」의 경우 SBS 「미운 우리 새끼」의 스핀오프 spin-off* 프로그램으로, 원래는 10부작으로 만들어졌

---

* **스핀오프** 오리지널 영화나 드라마를 바탕으로 새롭게 파생되어 나온 작품

으나 반응이 좋아 이후 정규 프로그램으로 편성되었다. 그 인기의 이유를 꼽는다면 단연 출연진들의 걸출한 입담과 솔직함일 것이다. 탁재훈과 이상민, 임원희, 김준호는 꾸미지 않은 돌싱의 라이프를 시원하게 공론화하며 시청자들의 마음을 얻었다. 뿐만인가. 흔히 이혼한 남자는 셔츠도 혼자 다리지 못하고 살아갈 것처럼 여겼던 시선과 달리, 막상 이혼한 그들의 모습은 후줄근함과 거리가 멀었다. 예능을 위한 기본적인 설정을 거세한다면, 네 명의 출연진 모두 이혼한 자신을 불행히 여기며 의기소침해하기보다는 스스로를 긍정하며 씩씩하게 사는 모습에 가까워 보였다. 그래서일까. 생의 한 변곡점을 겪어낸 인생 선배들이자, 이혼 이후에도 여전히 '잘' 살고 있는 네 남자의 이야기를 참으로 많은 시청자들이 즐겨보고 있는 듯하다.

싱글맘들의 현실 육아를 보여주는 「내가 키운다」도 마찬가지다. 나는 이혼도 하지 않았고 심지어 아이도 없지만, 누구보다 매주 이 프로그램을 열심히 챙겨보고 있다. 김나영, 조윤희, 김현숙 등의 출연자들은, 언젠가 내 기억 속에 행복을 기약하며 결혼을 발표했던 언니들이었다. 그랬던 그녀들이 훗날 이혼을 했더라는 기사를 접했을 때, 내 마음도 편치는 않았던 기억이 난다. 하지만 나는 이혼을 한 후 홀로 육아를 하는 그녀들의 모습을 방송으로 보면서, 그녀들이 더 좋아졌다. 전과는 비교할 수 없는 내면의 단단함을 보았기 때문이다.

　가녀린 줄만 알았던 김나영만 보아도 그렇다. 괴력의 슈퍼맨처럼 두 아들을 안고 업으며 캠핑부터 카라반 여행까지 척척 시도하는 모습은, 그야말로 멋짐이 폭발한다. 이혼했지만 딸과 함께 아빠의 생일 케이크를 만드는 조윤희의 자애로움도, 외가의 청정한 자연 속에서 농사지은 작물들을 먹이며 아이를 키우는 김현숙의 건강 육아법도 마찬가지였다. 엄마이자 아빠의 역할을 굳건히 수행 중인 그녀들의 든든한 모습이 여성들에게 주는 어떤 위안이 있었다. 남편이 부재하면 무너지는 줄만 알았던, 여자 혼자는 감당하기 힘든 줄 알았던 이혼의 뒷이야기를 그녀들은 씩씩하게 이어나가고 있었으니까. 별것 아니라고, 너도 할 수 있다고, 여자는 그렇게 약하지 않다고 몸소 보여주는 것만 같아 때로는 눈물이 흘렀고 때로는 힘이 솟았다.

　「돌싱글즈」는 어떠한가. 스물여섯부터 마흔둘까지, 싱글이라고 해도 믿을 만큼 어리고 젊은 출연진들이 모두 이혼 경력을 가지고 있었다. 그들도 모두, 한때는 행복을 꿈꾸며 결혼했겠지만 어떠한 이유로 이혼을 선택한 사람들이었다.

하지만 이혼했다는 이유로 사랑을 저버리기엔 너무나도 젊고 아름다운 사람들이다. 그래서 그들은 용기를 내, 새로운 사랑을 찾아 '돌싱 빌리지'로 모였다.

미혼자에게는 터놓고 할 수 없었던 그들만의 이야기들은, 오직 이곳 돌싱 빌리지에서 거침없고 솔직하게 오간다. 왜 이혼했고 귀책 사유는 누구에게 있는지, 결혼 기간은 얼만큼인지, 아이는 누가 양육하는지에 대한 이야기들이, 마치 좋아하는 음악은 무엇이고 취미는 무엇이냐는 보통의 이야기처럼 오간다. '비밀스럽게'가 아닌 공개적인 방식으로 돌싱들의 마음을 보고 듣고, 그리하여 그들을 오해 없이 심층적으로 이해하는 건, 비단 돌싱들뿐 아니라 미혼 기혼 남녀 모두에게 유익하고도 특별한 경험이었다.

결혼관은 시간이 지날수록 점점 공동체를 위한 개인의 희생이 아닌, 개인의 행복과 자유에 뜻을 두는 쪽으로 변화해 왔다. 얼굴도 모르는 상대와 한평생을 숙명처럼 살거나 집안의 동맹으로 여겨졌던 과거의 결혼은 이제 존재하지 않는다. 자유의지로 만난 남녀가 합의를 통해 결혼을 한다. 이혼에 대한 관념의 변화도 그 연장선이 아닌가 싶다. '얼마나 참을성이 없으면 이혼을 하냐', '웬만하면 참고 살지' 하는 과거의 편견은 '그래, 얼마나 힘들었으면 그랬을까', '아니다 싶을 때 빨리 정리하는 게 좋지'라는 이해로 서서히 바뀌어왔더랬다.

그러나 그런 인식의 개선과 달리, 그동안 우리는 이혼 이후에 펼쳐지는 이야기에 대해 들을 수 있는 창구가 너무도 없었다. 그게 나쁜 게 아니란 걸 배우면서도 방송에서는 도무지 공론화하는 곳을 찾을 수가 없었으니까. 그나마 이혼 사례를 다룬 KBS「부부 클리닉 사랑과 전쟁」도 특이하고 재밌는 이혼 사연을 다루는 데 포커스 되어 있을 뿐, 이혼 이후에 이어지는 삶을 조명하지는 않았었다. 그러던 중 이렇게 영향력 있는 방송의 돌싱 프로그램들을 통해서, 이혼 이후의 삶을 다각도로 듣고 볼 수 있게 되었으니, 어찌나 반가운 일인지 모른다.

살아보니 간접경험은 실로 큰 배움이 되곤 한다. 나의 경우, 주위에 결혼해서 잘 사는 사람들이 많아서 훗날 나의 결혼생활을 그려보고 준비하는 데 큰 도움이 됐다. 비혼의 경우에도 그렇다. 결혼 대신 비혼 라이프를 꿈꾸는 이들의 주변에 결혼하지 않고도 멋지고 건강하게 사는 이들이 많다면, 분명히 큰 긍지이자 참고할만한 좌표가 될 것이다. 그렇다면 이혼 역시 마찬가지여야 한다고 생각한다. 이혼 이후에도 건강한 삶을 이어나가는 사람들이 많다는 걸 알면 알수록, 그것을 보여주는 매체가 많으면 많을수록, 이혼에 대한 막연함에 주저하거나 고민하는 이들에게 분명 큰 용기와 확신이 될 테니까 말이다.

그런 의미에서 「돌싱글즈」 시즌 2가 끝난 뒤 오랜만에 마음이 훈훈했다. 출연진들은 사랑했고, 결혼했고, 이혼했지만, 다시 삶을 일으켜 사랑을 찾길 주저하지 않았다. 분명 쉽지 않은 선택이었을 것이다. 이혼이라는 선택을 하기까지, 그 책임의 무게를 짊어지고 앞으로 나아가기까지 얼마나 많은 고민과 각오를 해야 했는지는 이루 헤아릴 수 없다. 그러나 출연진들은 그 경험을 그저 자신만의 것으로 삭이지 않고 다른 이들에게 삶의 지혜로 전달해주었다. 그 멋진 용기가, 분명히 오늘도 누군가의 결정에 확신이 되어주고 살아갈 위안이 되어줄 거라 믿어 의심치 않는다. 새삼 느껴보는 방송의 순기능이었다.

물론 세상이 아직 이혼에 100% 관대하지는 않다. 높아지는 인식을 따라오지 못하는 사회 시스템이 가장 문제다. 불행한 결혼생활을 하면서도 이혼을 고민하고 주저하는 부부들이 여전히 많다는 걸 느낀다. 이혼 이후의 삶이 실질적으로 막막하기 때문이다. 이혼 이후 혼자 아이를 양육해야 하는 싱글맘 싱글대디들의 경제적 부담, 출산과 육아로 경력이 완전히 단절되어버린 여성들의 불안한 자립, 여전히 '기혼자'에게 유리한 여러 주택 정책들까지. 아직 우리의 사회 시스템은 이혼을 선택한 이들에게까지 따스하지는 못한 것 같다.

그러나 잘 살고 싶지 않았던 사람이 어딨겠는가. 이혼하려고 결혼하는 사람은 없다. 결국, 살아봐야 아는 문제다. 살아본 결과 상대 배우자와 함께하는 것이 더는 행복하지 않을 때, 그때는 누구든 눈치 보지 않고 이혼을 자연스럽게 선택할 수 있어야 한다고 생각한다. 그러려면 사회가 그들을 위해 보다 깊고 너른 품을 가져야 할 것이다. 한부모 가정의 경제적 막막함과 소외감이 해소되도록, 오랜 시간 경력이 단절된 여성들이 가장으로서 사회에 단단히 뿌리 내릴 수 있도록, 기존 4인 가족들에게 열려있는 따스한 선택지들만큼, 그들에게도 동등한 혜택과 복지가 구비되어야 할 테다.

길도고 긴 인생이다. 원치 않는 관계를 이어나가는 것만큼이나 더 큰 인생의 낭비가 있을까. 바라건대, 더는 헤어짐이 막막해 차라리 불행한 결혼생활을 이어나가는 삶은 없기를 바란다. 오래 걸리더라도, 그런 세상이 올 것임을 굳게 믿어본다.

3부

결혼, 또 다른 연애의 시작

머리에서 종이
울리진 않았어요

얼마 전 버스를 타고 가다가 한 라디오 방송을 듣게 됐다. 무슨 채널의 무슨 방송인지는 알 수 없었지만, 진행자가 영화평론가와 나누는 대화가 꽤나 인상적이어서 기억에 남는다. 넷플릭스 영화 「결혼이야기」에 대한 담소를 나누던 중이었는데, 대뜸 진행자가 평론가에게 묻는다.

"결혼할 사람을 보면 머리에서 종이 울린다던데, 사실일까요?"

질문으로 미루어보아 아마도 진행자는 미혼이고, 결혼에 대한 어떤 로망이 있는 사람이었던 것 같다. 평론가는 피식 웃고는 대답한다. 결혼은 그냥 연애의 결과일 뿐인데 그럴

리 있겠냐고.

그런데 나도 그런 비슷한 질문을, 결혼하지 않은 나의 친구들에서 꽤 자주 들었었다. 결혼 준비를 하며 청첩장을 주러 만난 친구에게서, 또는 남자친구와 결혼을 원하지만 뭔가 확신을 가지지 못하는 친구에게서. 그녀들은 하나같이 내게 이렇게 묻곤 했다.

"결혼할 사람을 처음 만나면 딱 이 사람이다, 하고 안다던데 진짜로 그래?"

그 질문에는 마치 "응 진짜 그래"라는 대답을 해주어야만 할 것 같은, 어떤 기대가 담겨있었다. 인생에 아주 절대적인 남자가 따로 정해져 있고, 자신은 아직 그 사람을 못 만났지만 언젠가 나타날 거라는 어떤 기대감. 하지만 내가 해줄 수 있는 대답은 딱 하나였다.

"아니, 그런 건 없어"

왜 언제부터 그런 말이 생겨났는지 모를 일이다. 결혼할 상대를 만나면 머리에서 종이 울린다든지, 첫눈에 알아본다든지 하는 류의 말들. 그건 마치 선풍기를 머리맡에 켜두고 자면 죽는다는 이야기처럼, 허무맹랑하면서도 너무나 오랜 시간 구전되어온 이야기라 요상하게 믿음이 가는 속설 같았다.

결혼을 한 사람으로서 나의 결혼 과정을 되짚어본다. 어떤 감정이었었더라…. 나는 남편을 보고 '아 이 사람이야!' 하고 불꽃 같은 시그널이 느껴졌다기보다는 흐르는 강물처럼 아주 유유하고도 편안한 믿음이 왔던 것 같은데.

연애 시절, 남편은 나에게 함께하면 마음이 편해지고 깊은 안정감이 느껴지는 사람이었다. 남편을 만나기 전 파란만장한 연애들을 겪어와서인지, 결혼은 이런 사람과 해야겠다는 생각이 들었다. 아주 잔잔히 파고든 믿음이었다. 만약 조상들이 이런 감정을 두고 '머리에서 종이 울렸다'라는 말을 지어낸 거라면 조금 억지인 면이 있지만, 자신과 결혼한 상대를 그만큼 절대적인 운명이라고 믿고 싶었던 염원이 아니었을까 생각해본다. 그러니까 어떤 절대적인 상대가 자신의 인생에 미리 점지되어있어서 그런 말이 생겨난 게 아니라, 거꾸로 결혼을 한 뒤, 그 결혼생활과 배우자가 너무 만족스러운 나머지 거기에 운명론을 슬쩍 얹어보게 된 거다. 아무렴 순서가 뭐가 중요하랴, 이 가짜 운명론의 베이스는 틀림없이 굳건한 애정과 긍지인걸.

고백하건대, 사실 나는 연애를 하면서 결혼하고 싶지 않았던 남자는 없었던 것 같다. 한 번씩은 다들 만나는 상대와의 결혼을 머릿속으로 그려보지 않나. 나는 만나는 남자마다 늘 최선을 다해 사랑했고, 그들과 늘 결혼이라는 결말에 다다르고 싶어 하는, 지극한 순애보이자 사랑꾼이었다. 하지만 그런 엄숙한 합의는 나 혼자의 갈망으로는 이뤄질 수 없었기에 단지 상상에 그쳤을 뿐이다. 어떤 남자는 이런저런 이유로 나와의 결혼을 원하지 않았고, 한때는 결혼할 운명이라고 여겼던 사람도 이별 앞에선 그저 지나가는 연인일 뿐이었다. 라디오에서 영화평론가가 피식 웃으며 말했던 것처럼, 결혼은 단지 어떤 사건(연애)의 결과일 뿐이지 절대적으로 정해진 운명이 아니었던 거다. 점지할 수도, 뛰어난 육체적 감각으로 알아차릴 수도 없는, 그저 연애의 산물이자 우연의 결실일 뿐인 것. 운명론자가 아닌 현실론자에게 결혼은 그런 것이었다.

'결혼은, 가장 많이 사랑하는 사람과 하는 것이 아니라, 가장 오래 사랑할 사람과 하는 것'이라고 말하던 어떤 글귀가 기억난다. 어릴 땐 그 말을 잘 이해하지 못했었다. "아니 무슨 소리야, 제일 사랑하는 사람이랑 해야지! 그게 당연한 거지" 하고 생각했었다. 하지만 시간이 지나 지금의 남편과 결혼하면서 그 말의 뜻을 이해하게 됐다. 오래 사랑할 사람. 그것은 '가장 많이 사랑하는 사람'보다 열등한 표현이 아니었음을. 오히려 '많이' 사랑하는 것보다 '오래' 사랑하는 것이 더 견고하고 커다란 감정이라는 것을 말이다. 아주 다행히도 나는 정말 한결같이 오래 사랑할 수 있는 사람과 결혼을 했으니, 이만하면 성공이라고 봐야 할까.

「동백꽃 필 무렵」의 동백이는 자신에게 질주하는 용식이에게 그랬다. "우리, 이 만두 같은 사이로 지내요. 만두는 수증기만으로도 익잖아요. 그렇게 따뜻하게, 오래 가요." 불에 직접 갖다 대야 익는 것이 아닌, 수증기로 익히는, 그러니까 느리지만 천천히 오래오래 따뜻한 그 무엇의 감정을 나는 결혼에 비유하고 싶다. 그런 감정이 드는 사람이 바로 결혼할 사람이라고. 사랑이 아무리 커도 갈등과 오해가 난무하는 관계가 있다. 반면에 '이게 위대한 사랑이 맞나?' 싶을 정도로 고요하지만 묵직하고 깊은 사랑도 있다. 둘 다 사랑은 맞다. 하지만 결혼은 정말로 '덜' 다투고 오래오래 행복과 안정을 공유할 사람을 택해야 하는, 연애와는 또 다른 차원의 선택이라는 것.

그러니 언젠가 또다시 미혼 친구들이 내게 이런 귀엽고도 황당한 질문을 해온다면 나는 되려, "그런 종소리가 안 나도 묵직한 안정감이 전해지는 사람이 있어. 그런 사람과 결혼"이라고 하겠다. 어떤 남자하고는 아무리 애써도 안되고 어렵던 것이, 아주 편하게 물 흐르듯 되는 사람이 있더라고,

내 생각엔 그게 결혼할 남자가 아닌가 싶다고 말이다.

감사하게도 나는 연애부터 결혼까지, 마치 봄날의 시냇물처럼 졸졸졸 흘러왔다. 그리고 지금도 행복하게 살고 있다. 아직 싱글인 내 친구들이 모두 그런 결혼을 했으면 좋겠다.

신혼집이 비싸야
잘 한 결혼은 아니다

친한 친구 중에 내 결혼생활의 모티브가 되는 친구가 하나 있다. 그녀의 이름은 자영이. 자영이는 내가 연애에 허덕이며 살아가고 있던 스물일곱에 결혼식을 올렸다. 결혼이 그저 먼 이야기처럼 느껴지던 그 시절, 나는 자영이의 결혼식을 보며 그녀가 감히 범접할 수 없는 어른의 세계로 진입한다고 느꼈었다. '나는 아직도 내 영혼의 짝을 만나보지 못했는데, 그녀는 만인 앞에서 저렇게 인생의 배필과 함께 행복한 결혼식을 올리는구나' 결혼과 안정을 꿈꾸던 내게는 자영이가 얼마나 부러웠는지 모른다.

그 이후 이상하게 나는 자영이를 많이 찾게 됐다. 17평

남짓한 그녀의 신혼 보금자리에 나는 염치도 없이 참 많이 놀러 갔더랬다. 아직 걷지도 못하는 어린 아기를 둔 자영이는 늘 친절히 나를 맞이했고 손수 맛있는 밥을 지어주었다. 남편과 아기, 그리고 행복이 곳곳에 묻은 자영이의 신혼집에 있을 때면 난 왠지 모를 따뜻함을 느끼곤 했다.

그리고 자영이 만큼 고마운 존재는 바로 자영의 남편이었다. 아기를 낳으며 휴직에 들어가 꼼짝없이 집에서 아기만 보게 된 자영이에게, 남편인 민준 오빠는 지극정성이었다. 그리고 늘 불청객처럼 찾아오는 나에게도 어찌나 친절했는지. 하루에도 수천 번 흔들리던 내 불안한 자아는, 자영 부부를 볼 때마다 앞으로 어떻게 살고 어떤 사람을 만나야 할지를 조금씩 깨닫게 됐던 것 같다.

그 시절 나는 결혼을 하려면 적어도 몇천만 원은 있어야 한다고 생각했다. 뉴스나 여러 통계자료를 통해 기록되는 여자의 평균 결혼자금은 대략 5천만 원이었다. 여유가 없던 집의 여식으로 자라며 내 몸 하나 건사하기 힘들었던 계약직 신분인 내게 5천만 원이 있을 리 없었다. 그러니 결혼을 지향하면서도 결국 돈 때문에 결혼을 못 하는 건 아닌가 하는 공포가 내 마음속에 만연해있었다.

그렇게 결혼에 대해 반신반의하면서도 자영 부부를 마냥

부러워하던 내 모습이 안타까워서였을까. 자영이와 민준 오빠는 거리낌 없이 자신들의 결혼 과정에 대해 이야기해주곤 했다. 돈이 없어도 다 결혼할 수 있다고. 돈이 중요한 게 아니라고.

"우리도 이 집은 대출이야."

"이 집 살림살이를 다 채우는데 500만 원 정도밖에 안 들었어."

그 말에 나는 놀라기도 했고 참 고마웠다. 형편에 맞게 조그맣게 시작한 것을 조금도 부끄러워하지 않는 그 모습이 너무 인상적이었다. 내가 아는 대부분의 신혼부부들은 무리를 해서라도, 부모님의 돈을 쥐어짜서라도, 보란 듯이 큰 아파트에서 시작을 하고 그 안을 삐까번쩍하게 채우느라 바빴으니까. 그리고 그것이 '잘 된 결혼'이라고 믿는 듯했으니까. 그렇게 과시욕으로 꾸며진 집을 보고 나면, 역시나 돈 없는 나는 결혼하기에 터무니없이 부족하구나 하고 위축되기만 했는데. "걱정 마. 돈 없어도 결혼 다 할 수 있어"라고 말하는 자영과 민준 오빠의 따뜻한 보금자리는, 온갖 최신 가전제품과 비싼 가구로 수놓아진 여느 부부들의 공간보다 더 행복하고 풍요로워 보였다. 나는 그 두 사람처럼 살고 싶다고 생각했다.

실제로 그로부터 몇 년 후 나는 내가 사랑하던 남자와 '돈이 없음에도 불구하고' 결혼을 하게 되었다. 중요한 것은 허례허식이나 돈이 아니란 걸 알게 해 준 자영 부부 덕에 결혼에 대한 나의 공포를 줄일 수 있었기 때문이다. 그 둘은 내게 용기를 주었다는 사실을 전혀 모르겠지만.

지금 우리 부부가 살고 있는 보금자리는 자영 부부가 살았던 그 작지만 아늑하고 따뜻했던 공간과 꼭 닮아있다. 최대한 할인해서 산 소형 전자제품들과 인터넷으로 주문한 저렴한 가구들로 채워져 있지만, 이곳에는 내가 그토록 동경했던 '사랑과 믿음으로 결속된 관계'만으로도 충분히 온기가 넘친다. 그래서일까 나는 으리으리한 신혼집은 아닐지언정 내가 이루고 있는 이 작은 공간에 대해 꽤나 자부심을 가지고 살아가고 있다. 리클라이너 소파나 비스포크, 식기세척기 같은 유능한 아이템은 없지만, 그래도 나의 결혼생활은 제법 행복하고 만족스럽다.

나의 친구, 자영 부부는 17평의 작은 투룸에서 1년 전 30평대의 아파트로 이사를 했다. 검소하고 현명한 두 부부가 몇 년간 착실히 벌고 모은 결과였다. 작은 시작에서 점점 더 확장되어 가는 둘의 모습에 나는 또 한 번 큰 용기를 얻는다. 나보다 먼저 결혼생활을 시작해 이어나가고 있는 자영 부부에게 앞으로도 많은 자문을 구할 생각이다. 행복은 규모가 아닌 깊이에 있음을 알게 해 준 두 사람에게 진심으로 고맙다.

엄마의
마음으로

결혼을 하기 전, 그러니까 처녀의 신분으로 엄마와 살 때의 나는 정리정돈을 못 하는 사람이었다. 변명을 하자면 엄마가 너무나도 깔끔한 성정이셨으므로, 그래서 내가 여기저기 어지르고 다녀도 엄마가 매번 잘 치워주셨으므로, 굳이 내가 치워야 할 필요를 느끼지 못했다. 나는 거의 매일 "빨래 여기저기 걸어놓지 말아라", "전기장판 코드 왜 안 뽑고 갔니", "바닥에 떨어진 머리카락 좀 주워라" 등의 말을 인사처럼 듣고 살았다. 친정엄마의 눈에 나는 도통 정리라곤 모르는 지저분한 딸내미였을 것이고, 저렇게 어지르는 애를 누가 데려갈까 내심 크게 걱정하셨을 거다.

그런데 남편과 함께 살게 되면서, 아니 정확히는 신혼집이 생기면서부터 나는 완전히 바뀌었다. 어쩌면 정리정돈에 능한 깔끔이 엄마의 피가 내 몸 어딘가에 숨어 있다가 이제야 발현되는 걸까 싶을 정도다. 가전과 가구, 자질구레한 소품까지도 내 손으로 고르고 배치해서인지 나는 신혼집이 더러워지는 걸 참지 못하는 아내로 살고 있다. 이 컵은 이 자리에, 저 각티슈는 저 자리에 있어야만 마음이 편하다. 내 딴에는 완벽하게 정리해놓은 물건의 배열들이 흐트러지면 왠지 심기가 불편해진다.

그런데 나의 이 정리정돈 심기를 건드리는 작자가 있으니, 그건 바로 같이 살고 있는 남편이다. 물론, 남편은 매우 깔끔한 성격에 평균 이상의 위생 관념을 갖고 있던 사람이다. 지금도 더럽다는 건 아니지만 지금의 남편은 뭐랄까. 아주 자주, 물건을 제자리에 놓지 않는다. 내가 일렬종대로 착착 옷을 걸어놓아도 자꾸만 입고 나갔던 옷을 이상한 데에 걸쳐놓는다든지, 자꾸만 손톱깎이를 꺼내서 거실 테이블에 올려둔다든지 하는 경우가 많다. 컴퓨터 마우스와 손톱깎이와 각티슈와 옷가지 등등이 제자리를 잃고 천지사방에 너줄너줄 흩어져있는 걸 발견하면, 나는 "나의 어여쁜 신혼집이 개판이 됐구나"라고 생각해 다시 물건들을 속속 원위치로 복귀시켜놓기 바쁘다. 그럴 때면, 처녀 시절 집을 개판으로 만드는 장본인이었던 딸을 키워낸 친정엄마가 불현듯 떠오른다.

엄마. 평생을 잔소리하셨지만 그럼에도 나를 예뻐하고, 내 머리카락을 대신 줍고, 내 빨래를 세탁기에 손수 가져다 놓았던 나의 엄마. 나는 엄마가 꾸민 어여쁜 공간을 아무 생각 없이 그렇게 어지르고, 전기장판은 출근하면서 백번은 넘게 안 뽑고 다녔더랬다. 어지르는 사람은 왜 늘, 치우는 사람의 노고를 알지 못하는 걸까. 나는 이제 그런 엄마로부터 떨어져나와 그때 엄마의 마음을 조금씩 알아가는 중이다. 일종의 업보인지도 모른다.

어쨌거나 여기 나의 신혼집은, 오늘도 남편이 꺼내놓고 간 손톱깎이와, 제자리를 잃고 방황하는 각티슈, 도대체 어디서 주워왔는지 모를 촌스런 플라스틱 부채와, 엉뚱한 곳에 걸쳐진 빨랫감으로 가득하다. 이 모두가 처녀 시절 내 모습을 닮은 남편의 흔적들이다. 나는 엄마가 과거 내게 그랬던 것처럼, 남편에게 제발 물건 좀 제자리에 놓으라고 잔소리를 하며 신혼생활을 이어나가고 있다. 그러나 그럼에도 불구하고 엄마가 나를 무지 사랑했던 것처럼, 나도 그러하다. 잘도 어지르지만 여전히 내 눈에 사랑스러운 남편. 그가 흩뜨리고 간 것들을 매번 줍고 치우면서도 함께 부비고 살고 싶은 이 마음이, 엄마가 내게 평생 느껴왔을 가족의 사랑일까.

너를 내 시선에
가두지 않을게

나는 운이 좋게도 선량하고 너그러운 남편을 만나 부부싸움 같은 건 잘 하지 않는 편이다. 항상 남편이 내게 큰 아량을 베풀기 때문에 자칫 싸움으로 번질 수 있는 일도 매끄럽게 넘어갈 때가 많고, 나 역시 못 미더운 상황이 생기더라도 '남편은 내게 이렇게 착하게 구는데 나도 참아야지' 싶을 때가 많다.

하지만 나의 이 못된 성질머리가 늘 눌러지는 것은 아닌지라, 이따금 모난 말이 튀어나오곤 한다.

하루는 남편이 저녁밥을 짓는 내게 "나 이번 주말에는 「용서받지 못한 자」를 볼 거에요" 하길래, 나도 뜻깊게 본 영화인지라 반가워서 "오, 정말?"하고 반색했다. 그런데 연이어 그가 인스타그램에 올라온 한 피드를 보여주며 낄낄댔다. 영화 「용서받지 못한 자」의 한 장면이었다. 하정우가 신참 병사를 꾸짖는 장면이었는데, 실제 영화에서도 조금 유머러스한 장면이기는 했다. 그런데 그 재밌는 부분만 달랑 편집된 피드를 보고서, 그 영화를 '웃긴 영화'라고 생각하는 그가 살짝 짜증이 났다. 왜냐하면 내가 본 그 영화는 코미디 영화가 아니라 군대의 어두운 단면을 그려낸 슬픈 영화에 가까웠기 때문이다. 영화의 제대로 된 성격을 알지 못한 채 몇 분짜리 영상만 보고 웃기다고 하는 내 남편이 순간 짜증났던 건, 나의 고질병인 지적 허영심 때문이었을까.

내겐 일종의 강박이 있었다. 항상 유익한 것을 추구하고, 같은 티비를 보더라도 한 톨이라도 더 지식을 주는 프로그램을 보았으며, 영화도 그런 것들만 골라보는 편이었다. 쌓고 싶은 지식은 많고, 시간은 없고, 그런 상황에서 내가 습득하게 된 오랜 습관이었다. 그리고 그 습관은 고스란히 내 강박이자 성격이 되어버렸다. 그래서일지, 나는 가끔씩 남편이 (내 기준에) 무의미한 뭔가를 하고 있는 것을 보면 살짝 부아가 치밀곤 한다. 핸드폰으로 너무 오랫동안 게임을 한다든지, 인생에 아무런 도움이 안 될 것 같은 (역시나 내 기준에) 소비성 유튜브 채널을 본다던지, SNS에서도 하필이면 정말 무익한 킬링타임 용 피드들을 구경하고 있다든지 할 때가 그렇다.

하지만 안다. 남편은 나처럼 뭔가가 되기 위해 시간을 쪼개며 살고 있지도 않고, 온종일 일을 하다 왔으니 남는 시간에야 뭘 하고 뭘 보던 사실 그의 자유라는 걸. 그는 그가 행복하기 위해 그렇게 하는 것일 뿐이라는 걸. 그걸 알면서도 나는 자꾸만 내 기준으로 남편을 보게 되고, 왜 아까운 시간에 저런 쓸데없는 걸 하고 있을까 싶은 것이다. 백번 합리화해도, 내 못난 잣대이자 일그러진 지적 허영심이 맞다.

그러나 기어코 내 성질대로 "이왕이면 조금이라도 유익한 걸 봐"라는 말을 남편에게 내뱉게 되고, 남편은 이내 선생님에게 혼난 아이처럼 시무룩해진다. 시무룩해진 남편을 보면 나는 또 금세 미안해지고 만다. 이런 상황이 몇 번을 발생하니, 나는 나 자신이 미워지기 시작했다. 내게 무슨 해를 끼친 것도 아닌데, 남편은 그저 재밌는 걸 나와 공유하고 싶었을 뿐인데…. 선생님이 아니라 아내이자 친구이고 싶은 나는, 왜 남편에게 불필요한 잣대를 들이대는 걸까.

문득, 틈만 나면 나를 무시했던 나의 예전 연인이 떠오른다. 그로 말하자면, 몇 손가락 안에 꼽히는 명문대를 다니던 사람으로 지금의 나보다 몇 곱절은 더 유익함과 효율성에 집착하던 사람이었다. 그와 해외여행을 다녀온 기념으로 외국에서 함께 찍은 사진들을 포토북으로 만들어 그에게 가져다주었을 때의 일이다. "우와 너무 예쁘다, 고마워"라는 반응을 기대한 것과는 달리, 그는 심드렁하게 내 선물을 보더니 "이런 거 하지 말고 좀이라도 너한테 도움이 되는 걸 해봐. 토익 공부라던지 그런 거"라고 말했다.

사실 그때 나는 적잖은 충격을 받았다. 나에게는 의미 있고 나를 행복하게 하는 일이, 다른 이의 눈에는, 그것도 가장 가까운 연인의 눈에는 '시간이 아까운' 일에 속하다니. 그때 나는 '나는 누군가한테 이런 말은 절대 하지 말아야지' 싶었으면서도, 마음속 한편에서는 지적 허영심이 모락모락 피어나고 있었던 모양이다. 지금의 내 남편에게 내가 그 잣대를 들이대고 있는 걸 보면 말이다.

물론 나는 아직도, 여전히 시간이 없고 알고 싶은 건 많은 욕심쟁이다. 내가 원하는 모습을 이룩하기 위해서 배워야할 것들도, 경험해야 할 것들도 무지무지 많아서 1분도 허투루 쓰기가 싫은 그런 욕심쟁이. 성공 지향적이고 포부가 큰 내게는 취해 마땅한 자세일지도 모른다. 하지만 내가 사랑하는 내 남편은 아니다. 그는 현실에 만족하면서 소박하고 평화롭게 살아가는 사람이니까. 그는 자신과 그토록 다른 나를 늘 아껴주고 사랑해주는데, 못난 나는 아직도 나와 다른 그를 제대로 이해해주지 못하다니, 내가 생각해도 미안할 때가 참 많다. 반성하고, 또 반성하는 바다.

남편은 얼마 전에도, 회사에서 생일 기념이라고 나온 문화상품권을 내게 주며 읽고 싶은 책을 사라고 했다. 내가 책을 좋아하니까 자신 앞으로 나온 상품권도 내게 기꺼이 주고야 마는 착한 사람. 나는 이 사람을 정말로 정말로 사랑한다. 앞으로는 그가 핸드폰으로 (내가 싫어할 만한) 뭔가를 보고 있더라도, 내 기준에 심오한 영화를 웃긴 영화라고 맘껏 착각한대도, 나만의 잣대를 들이대고 평가하지 않아야지. 내 남편이 내 옆에서 오래오래 행복했으면 좋겠으니까.

베짱이 배우자가
살아가는 법

　　방금 한 영화에서 부부가 싸우는 장면을 보았다. 가수가 되고 싶지만 생활력은 제로인 남편과 그에 비해 현실적인 아내. 둘은 아침부터 싸운다. 대사는 이렇다.

　　아내 : 일어나, 출근해야지!

　　남편 : 머리 아파.

　　아내 : 술 퍼마셔서 그렇지. 또 잘리고 싶어?

　　남편 : 난 가수야. 노래가 내 삶이라고.

　　아내 : 노래는 돈 못 벌잖아. 빨리 차 타고 출근해.

　　남편 : 날 바꾸려 들지 마.

아내 : 더는 이렇게 못 살아. 못 산다고!

아이는 우는데, 아빠란 자는 돈은 안 벌고 노래에 취해있다. 예견된 수순이었겠지만 둘은 머지않아 이혼 서류에 서명을 한다. 남들보다 특별한 감수성을 가진 남편에게 반해 결혼했지만, 돈으로 생활해야 하는 부부가 되면 기준은 변하고 만다. 감수성에 비해 현실성이 떨어지는 남편을 아내는 점점 힘겨워하기 시작하고, 남편은 눈만 뜨면 돈 벌어오라는 아내를 속물이라며 비난하기에 이른다. 그야말로 파국. 그러나 이 진부한 클리셰는 현실에서도 얼마든지 벌어지는 일이다.

이 영화를 본 지 얼마 되지 않아 나는 또 잡지에서 한 작가 부부의 인터뷰를 보게 되었는데. 영화 속 장면과는 사뭇 다른 느낌의 인터뷰에서, 작가인 남편은 이렇게 말하고 있었다. 지금까지 총 100권의 책을 내며 돈 없고 힘든 시절을 극복해왔다고. 나는 그 부분에 큰 감동을 받았더랬다. 작가도 분명 예술의 한 부분이고, 잘 풀리지 않으면 배곯기 쉬운 직업이라고 늘 생각해왔었는데, 그 인터뷰를 보며 꼭 감수성이 뛰어난 예술가라고 해서 현실감각이 반비례하지는 않다는 걸 느낀 것이다. 그는 그 자신의 표현대로라면 '미욱스럽게' 살면서, 감수성에 가려질지도 모를 자신의 현실감각을 수면으로 끌어올렸다. 본인 스스로 배고프지 않게 살기 위해서도 있겠지만, 어쨌든 결과적으로 잘 자리 잡힌 이 현실감각은 향후 만난 자신의 배우자에게도 최소한 경제적 궁핍은 주지 않은 것 같았다.

종종 주위에서 소위 예술을 좀 한다며 수입 없는 삶을 이어나가는 사람들을 본다. 보지 않으려고 해도 보이는 그들의 삶의 반경에 혹시라도 배우자가 있는 걸 보면, 나는 속으로 안타까움을 감출 수가 없다. '저런 사람은 결혼하면 배우자가 힘든데'라는 생각이 들어서다. 내게는 아주 익숙한 풍경, 그래서 나만큼은 저리되지 말아야지 하고 내 평생에 걸쳐 뇌에 아로새겨진 그 현실감각의 기원, 바로 내 엄마 아빠의 결혼생활 때문이다.

나의 아빠는 정말 남다른 감수성을 가진 분이셨다. 유연한 사고와 부드러운 태도. 나는 아빠한테 매는커녕 호통 한 번 듣고 크질 않았다. 하지만 아빠는 늘 화초와 노래에 취해있었고, 아빠가 사랑하는 것들은 지금껏 가족에게 힘이 될만한 수입을 제공한 적이 없으니. 자연스럽게 가장이 되었던 엄마가 30년에 걸쳐 어떻게 속이 타들어 가고, 분노하고, 기대하다가, 체념해왔는지 나는 누구보다 잘 알고 있었다.

경험에 의한 학습은 정말로 무서운 거라서, 나는 누군가와 연애를 할 때부터 조금이라도 궁핍의 냄새가 나면 기가 막히게 알아보고 불안해하는 인간으로 성장했다. 마치 생태계의 위험을 감별하도록 진화한 동물 같았다. 그래서 무엇보다 행복한 결혼생활을 꿈꿨지만 한편으론 그 꿈의 매직 키워드가 '현실성'이란 걸 정말 잘 알고 있었다.

나는 크면서 자연스레 부모님에게 각각 두 가지 특성을 물려받았는데, 하나는 아빠의 특별한 감수성, 다른 하나는 '정말 다행히도' 엄마의 현실감각이었다. 그러니 나는 아빠처럼 예술을 지향하는 사람이 되었으면서도, 잡지에서 어떤 작가가 자신을 그렇게 표현했듯 미욱스럽게, 남들이 다 자는 출근 전 아침에 벌떡 일어나 탁상에 앉아 글을 쓰는 것으로 내 꿈을 이뤄왔던 것일 테다. 아직 침대에서 곤히 자고 있는 내 남편을 내 꿈을 이룬다는 이유로 힘들게 하고 싶지가 않아서. 반드시 내 몫의 돈을 벌어 가족경제에 보태겠다는 마음, 엄마로부터 물려받은 이 생활력에 관한 현실감각은 아빠가 물려준 감수성만큼이나 단단했던 게다.

그런데 그러던 어느 날, 절대 베짱이 배우자만큼은 되지 않겠다고 다짐했던 나는 자발적 베짱이가 되고 만다. 사연인즉, 작가가 되겠다는 나의 포부 아닌 포부를 남편이 적극적으로 수용 및 지원해주기로 하면서 내가 직장을 때려치우게 된 것이다.

나는 나를 믿어준 남편에게 몹시도 고마운 한편으로 불안했다. 내가 그토록 싫어하던 류의, 예술만 지향하면서 배우자를 배곯게 하는 아내가 되는 것일까 봐서 말이다. 그래서 더욱 보여주고 싶고, 증명해내고 싶기도 했다. 결코 내 감수성과 현실감각은 반비례하지 않다는 것을. 그래서 미웁스럽게 글을 쓰고 또 썼다.

그 덕일지, 다행히도 나는 직장을 그만둔 지 1년이 채 되지 않아 나름 괄목할만한 성과를 낼 수 있었다. 처음으로 출판사와 손을 잡고 출간을 하게 된 것이다. 물론 책 한 권의 출간이, 직장생활의 월급을 대신할 만큼 생활력에 보탬이 되지는 못했다. 글로 먹고산다는 것은 분명 녹녹지 않은 일이었다. 그리고 무엇보다 나는 아직도, 베짱이 콤플렉스에서 완전히 벗어나지는 못했다. 보탬이 되기 위해 더 미웁스럽게 글을 쓰고, 부부라는 공동체에 누가 되지 않는 사람이기 위해 애쓰며 지내고 있을 뿐이다. 그리고 조용히 예측해볼 뿐이다. 언젠가는 이 미웁스러움이 만족스러운 금전적

결과로까지 이어질 것이라고.

그러면서 이런저런 생각이 드는 요즘이다. 어쩌면 베짱이는 꼭 한 종류는 아닐지도 모른다. 세상 모든 베짱이들의 결혼생활이 한 방향으로 흐르는 것은 더욱이 아니겠지. 영화에서 보았던 베짱이 부부의 모습은 생활고에 시달려 서로를 미워하고 있었고, 나의 부모님도 다소 힘든 결혼생활을 이어나가셨지만, 그 두 사례로 일반화할 수 없는 무수한 결의 가정들이 얼마나 많이 존재할 것인가.

음악, 미술, 글, 무용. 세상에는 이런 것들을 끊임없이 사랑하고 업으로 삼고자 하는 사람들이 있다. 그러나 서글프게도 예술은 늘상 일반적인 직장수입에 준하는 돈을 벌기 힘든 과목이기도 하다. 다만 내가 바라는 게 있다면, 이런 예술인들도 얼마든지 떳떳한 가장이 될 수 있게, 예술이 조금 더 번듯한 대우를 받는 세상이 왔으면 하는 것이다. 물론, 예술을 선택한 배우자들도 모두 감수성에 준하는 현실감각을 톡톡히 키워야겠지만 말이다.

어렸을 때는 그토록 야속하고 미웠던 나의 아빠가, 점점 노쇠해지는 모습을 보며 괜스레 마음이 시큰한 요즘이다. 아빠는 왜 그리 음악과 화초를 사랑했을까. 그리고 세상은 두각을 나타내지 못하는 예술가들에게 왜 그리도 박했을까.

아빠가 노래와 화초로도 충분히 가장이 될 수 있었다면 우리 가족은 더 행복했을까, 아빠는 더 떳떳했을까. 젊은 날 가족을 배불려주지 못했던 것을 못내 후회하고 미안해하는 나이 든 아빠의 눈빛을 읽을 때면, 마음이 욱신거리는 동시에 뜨거운 불이 들어차는 게 느껴진다. 아빠의 젊은 날을 바꿀 수는 없지만, 아직 앞날이 많은 나는 부디, 생활력에 보탬이 되는 멋진 작가 아내이자 멋진 딸이 되고 싶은 마음이다.

사연

없음

　남편과 차를 타고 가던 중 남편이 이런 이야기를 해주었다. 남편의 남동생, 그러니까 나의 도련님이 과거 가수 오디션을 본 적이 있었는데 그때 시댁 어르신들이 도련님에게 그러셨다는 거다. 너는 사연이 없어서 안 된다고. 불우한 어린 시절이라든지 계속해서 안 풀렸던 기구한 사연 같은 것이 없으니, 어디 방송에서 써먹을 스토리나 있겠느냐고. 이제는 오디션 참가자들에게 기구한 사연마저도 하나의 스펙이 되어가는 세상. 그런 세상에서 너무도 무탈하게 커 온 도련님을 빗댄 시댁 어르신들의 농담이었다.

　같은 집에서 나고 자란 사람이니 내 남편도 마찬가지다.

화목하고 비교적 풍요로운 가정에서 자란 내 남편. 살면서 기구한 적도 애달픈 적도 없었던 남편의 얼굴에는 살아온 행적이 고대로 쓰여있다. 그 평화로운 표정과 맑은 눈이, 그가 얼마나 평탄하게 살아왔는지를 여실히 말해주고 있으니. 어쩌면 본능이었을까, 나는 연애 시절부터 남편이 가진 그 특유의 평화로움에 끌렸다. 나름 기구했던 나와는 달리 그에게서 느껴지던 그 구름 같은 평온함과 여유. 나는 내 얼룩진 사연들과 그로 인해 빚어진 수많은 열등감을, 그를 만나며 치유해 나갈 수 있었다.

시댁 어르신들은 우스갯소리로 "너는 사연이 없어서 안 돼"라고 하셨다만, 나는 그 댁의 그 사연 없는 아들에게 반해 결혼까지 했으니, 한 사람의 '사연 없음'이란 얼마나 사실은 얼마나 큰 무기인가. 어디다 무용담처럼 늘어놓을 스토리텔링은 부족할지언정, 누군가에게는 그 평탄함이 다른 이를 치유할 만큼 커다란 힘이자 매력으로 작용하고 있으니. 그분들이 던진 농담 속에는, 당신들이 얼마나 건강히 자식을 잘 키웠는가 하는 일말의 자부심이 묻어있었다는 걸 (남편은 모르지만) 나는 느낄 수 있었다.

하지만 한편으로는 나에게 그런 농담을 할 수 없을 내 부모님이, 내게 얼마나 내내 미안했을지 생각하니 조금은 마음이 아팠다. 가난과 열등감 속에 키워야 했던 하나뿐인 딸. 사연 많은 딸. 하지만 그 딸은 크게 엇나가지 않고 성장해 평생 평온으로 나를 보살필 배우자도 만났으니, 이제는 부모님이 나에 대한 미안함과 근심을 덜었으면 하는 게 나의 소망이라면 소망이다.

남은 삶은 내가 수혈받은 평온을 부모님께 다시 돌려드리는 삶이 되길. 나와 내 가족들의 남은 삶이 부디 사연 없길. 바란다.

달라도
잘만 삽니다

이틀 전 남편과 함께 친한 친구를 만났는데 친구가 문득 내게 물었다.

"훈이(내 남편)는 남편으로서 몇 점이야?"

기습적인 질문이었지만 나는 별 고민 없이 답을 했다.

"85점!"

학창 시절 80점만 넘으면 '잘한다'고 여겼던 나로서는 후한 점수다.

"오, 점수 많이 주네?"

친구가 느끼기에도 후한 점수였나 보다. 사실 15점이나 감점할 이유가 딱히 없었는데도 무의식적으로 15점을 깎은

데에는, 남편과 내 취향이 정반대인 점을 참작한 탓이다. 따지고 보면 그게 우리 부부생활에 큰 영향을 주는 것도 아니었는데.

남편은 나와는 다르게 수리적 공학적 두뇌가 발달한 사람으로, 공대를 나와 화장품 연구원으로 일하고 있는, 그야말로 '이과적 두뇌'의 전형이다. 하지만 그 반대로 말하자면, 추상적이거나 문학적인 것들을 이해하는 데는 젬병인 사람. 영화를 볼 때도 나는 생각할 여지를 주는 느릿한 서사, 인물의 미묘한 심리와 감정선에 중점을 두는 반면, 남편은 오락성이 강하고 (대개의 남자가 그렇겠지만) 화면 전환이 빠른 이야기에 열광하는 스타일이다. 어떻게 이렇게 서로 다른 색의 남녀가 부부가 되었는지는 묻지 마시라. 나도 여태껏 궁금한 부분이다.

하지만 살면서 깨닫게 된 것이 있다면, 서로의 이 '다름'이 꽤 유용할 때가 많더라는 것이다. 거짓말 같겠지만 정말이다. 서로가 '같아서' 좋은 면이 있는 것만큼이나 서로 '달라서' 쿵짝이 맞을 때가 의외로 많다는 것.

이를테면 우리 부부는 가사노동에 있어 정확히 역할 구분이 되어있다. 남편이 맡은 것은 화장실 청소와 분리수거,

그리고 빨래 돌리기와 건조. 그리고 내가 좋아하는 것은 전적으로 주방과 관련된 일들(요리, 냉장고 정리, 설거지, 음식물쓰레기 처리)과 큼직한 틀에서의 집안 정리다. 그는 연애 때부터 주방의 기름때는 안 닦아도 화장실 청소에는 열중했으며, 나는 반대로 변기는 무서워해도 음식물쓰레기는 맨손으로도 척척 잘만 만졌더랬다. 그러다 보니 누가 먼저 이렇게 하자는 제안 없이, 서로가 꽂히는 일에 열중하게 되면서 자연스레 역할분담이 되었다. 서로가 맡은 영역에 있어 지금까지 아무런 불만이 없으니, 묘하게 괜찮은 가사분담이 아닐까.

달라서 좋은 면은 또 있다. '미래를 위한 노오력' 부문에서도 서로가 차지하는 포지션이 다르다는 것. 이를테면 우리 부부는 언젠가 전세 라이프에서 벗어나 더 넓은 집으로 이사해서 풍족하게 사는 것을 목표로 삼고 있는데, 거기서도 맡고 있는 역할이 꽤나 다르단 것이다. 미래를 향한 나의 포부는 대충 이러하다. "나는 책 몇 권을 내서 작가로서 꼭 성공할 거야, 그래서 전업 작가로만 살면서 내 수입만으로도 우리가 먹고사는 게 내 꿈이야." 물론 아직은 허황한 꿈이지만 그 언젠가 그러기 위해서 나는 야근이 넘치는 직장인 못지않게 컴퓨터 앞에 엉덩이를 깔고 앉아 글을 써낸다.

내가 이렇다면 남편의 포부는 이런 식이다. "주식이랑 부동산 공부할 거야. 빨리 집 걱정에서 벗어나고 싶어. 올해는 여기에 청약 넣을 거고… 종잣돈이 생기면 이런 주식을 살 거고….” 그는 그 나름대로 부동산 정책과 주식을 공부하며 내 집 마련의 꿈을 키워가고 있다. 나는 셈에 취약하기 때문에 남편의 이런 경제 공부가 무지 반가운 편이다.

성공한 전업 작가가 되어 남편과 여유롭게 사는 꿈을 꾸는 여자와, 부동산과 주식 공부를 해서 집안 살림을 증식해 나가려는 남자. 누구의 포부가 먼저 현실로 이루어질지는 알 수 없으나, 우리는 여기서도 극명한 차이가 나는 서로의 포부를 비웃지 않고 나름대로 존중해주는 사이이니, 이 정도면 꽤 괜찮은 궁합이 아닐는지.

남편과 함께 쉬는 주말. 점심으로 가벼운 샌드위치를 시켜 먹은 뒤 남편은 유튜브와 책을 번갈아 보며 부동산 공부를 하고 있고, 나는 자연스럽게 거실 좌식 테이블에 앉아 노트북 타자를 두드리고 있다. 문득 우리의 이런 모습을 마주하고 나니 “아 뭐야, 우리 진짜 개인플레이 쩌네? 근데 각자 터치 안 하고 열중하고 있어!” 하는 생각에 킥킥 웃음이 난다. 왜 결혼 전엔 꼭 부부가 코드가 맞아서 시종일관 무언갈 같이 해야 한다고 생각했을까. 한 공간에서 이렇게나 각자의 취미생활을 열심히 할 수도 있는 것을!

요즘 애청하는 곽정은의 유튜브에서, 그녀는 이런 말을 한 적 있다. 30대의 그녀는 남자를 볼 때, 세 가지를 봤단다. 1. 매력이 있는가. 2. 나를 좋아하는가. 3. 취향이 비슷한가. 나도 결혼 전 이 사람 저 사람과 연애를 하며 이 세 가지 항목을 기준으로 상대를 찾았던 것 같은데 그때마다 늘 걸렸던 게 마지막 항목 3번이었다. '취향이 비슷한가'는 감수성 짙은 그때의 내게는 퍽 중요했던 부분으로, 대부분 영화나 음악 또는 옷 입는 취향 같은 비교적 얕은 문제들이 그에 속했다. 그리고 그게 잘 안 맞으면 내 짝이 아니라고 단언하곤 했었다.

그런데 시간이 지나 그녀는 연애를 함에 있어 가장 중요한 문제가 취향이 아닌, '방향과 가치관의 일치'의 문제임을 발견했다고. 영화 취향이 다를 수도, 옷 입는 취향이 극과 극일 수도, 하다못해 그가 듣는 음악을 난 절대 못 듣겠다고 해도 그게 중요한 문제는 아니란 거다. 나는 느릿한 영화를 좋아하고 그는 빠른 영화를 좋아해도 이렇게 서로 불만 없이 살 수 있는 이유는, 서로 추구하는 방향이랄지 가치관이랄지 그런 것들이 그녀의 말대로 비슷해서일지도 모른다.

불행인지 다행인지 남편과 나는 '돈 없어도 행복해요'라는 마인드를 가지기엔 조금은 속물인 사람들. 이 농도가 비

슷해, 적당히 금전적으로 누리고 소비하고 살자는 게 일치
된 둘의 소망이다. 악착같이 아끼기보다는 쓸 땐 쓰고 여행
도 다니고 맛난 것도 맘껏 먹는 게 우리 스타일. 게다가 둘
다 집순이 집돌이 체질에 피로를 느끼는 부분도 비슷하다는
거. 둘 다 정치인 A를 좋아하고 이는 세상을 바라보는 시선
이 같다는 걸 방증한다. 인간적인 이야기에 둘 다 눈물을 흘
릴 줄 알고, 동물을 좋아하며, 살아가는 데 제일 중요한 덕
목을 '가족과 평화'라고 여기는 것도 비슷한 부분이라 할 수
있겠다. 그리고 무엇보다 둘 다 개인주의 성향이라 서로에
게 너무 깊이 간섭하지 않는다는 점도 같다! (어쩌면 이 점이
부부 금실에 제일 크게 기여한 것 같다)

우리의 영화 스타일, 음악 플레이리스트, 옷 입는 스타일
등은 서로 참 다르지마는, 그럼에도 같이 잘 살아갈 수 있는
게 그런 이유였구나. 내내 미스테리한 부분이었는데, 곽정
은 박사의 말을 들으며 궁금증이 해소되었다.

결혼하면서는 남편이 나의 가장 친한 친구가 되어가고 있
다. 그는 내 제일가는 친구로서 나의 여러 친구들을 대체해
나와 많은 생각을 공유하고 함께 시간을 보내고 있다. 부부
가 왜 불꽃 같은 사랑이 아니라 뭉근한 곰국 같은 사이어야

하는지 알 것 같다. 부부가 수십 년의 세월 동안 서로가 서로에게 지치지 않고 같은 길을 걸어가기 위해서는, 취향이 같아야 하는 게 아니라 그 다른 취향을 서로 존중할 줄 아는 사이어야 했던 거다.

그런 의미에서 우리 부부도, 많은 면이 다름에도 불구하고 다행히 같은 길을 별다른 다툼없이 걸어가고 있는 것 같다. 길은 한 갈래지만 곳곳에는 다양한 볼거리들이 있어서, 나는 가다가 꽃을 발견해 한동안 꽃을 쓰다듬으며 구경한다. 남편은 가다가 축구하는 소년들을 발견하고 그 축구 경기를 구경한다. 서로가 시선을 빼앗긴 곳은 전혀 다르지만 충분한 각자의 시간을 보낸 뒤, 결국에 우리는 다시 손을 맞잡고 가던 길을 함께 걸어가는 것이다. 나는 아까 본 꽃 이야기를, 남편은 축구 이야기를 하면서. 서로의 색깔은 제법 다르지만 서로가 가고자 하는 길이 같은 방향이라면, 얼마든지 좋은 친구로 지낼 수 있다는 걸 깨닫는다. 친구든, 부부든 마찬가지로.

심술보가 터지는
그런 날이 있지

남편과 싸우는 일이 거의 없는데 지난 토요일, 간만에 다투게 됐다. 우리의 모든 다툼은 따지고 보면 다 별일 아닌 것에서 시작되는데, 그날도 그랬다.

사건의 발단은, OO수산이라는 맛집에 남편을 데려가려던 나의 지나친 의지에서 출발한다. 서울에서 친구랑 먹어본 카이센동 맛집 OO수산. 그곳은 내게 너무 깊은 인상을 주었고, 이 맛있는 걸 주변에 알리지 않으면 안 될 것 같은 기분마저 들게 했다. 제일 가까운 내 남편부터 우선 먹여야 했음은 당연한 일.

남편은 나보다 더 지독한 내향 인간으로 집 밖에 나가는 걸 별로 좋아하지 않는데, 내가 하도 노래를 불러서인지 그날은 나를 위해서 순순히 나갈 채비를 해주었다. 실로 오랜만의 데이트였다. 들뜬 마음으로 집을 나섰다. 운전은 남편이 하므로 남편에게 음식점 이름을 알려주었고 지점 중에 제일 가까운 곳에 가기로 되어있었다.

그런데. 남편에 의하면 OO수산의 많은 지점 중 유일하게 주차시설이 있다는 '송파 지점'으로 가는 길이 어쩐지 싸했다. 여자의 촉은 어쩜 그리도 민감하고 정확한 것인지. 송파 가락시장의 회센터들이 당연히 맛있을 줄은 내 알겠는데, 내가 아는 OO수산은 왠지 이런 곳에 있을 것 같지가 않았다. 쪼그맣고 귀엽고 세련된 풍의 OO수산은, 이 거대한 가락시장의 복잡한 내부 어딘가가 아니라, 젊은이들로 북적거리는 힙한 동네, 그것도 잘 보이는 대로변에 위치한 경우가 많았기 때문이다. 가락시장에 진입해 차를 데려는데, 뭔가 잘못됐다는 느낌이 온몸을 에워쌌다.

이미 분당 집에서 송파 가락시장까지 오는 데에도 우선 1시간이 넘게 소요가 된 데다, 크나큰 가락시장 건물에 주차를 하는 데에도 엄청 애를 먹어 결국 두 바퀴를 돌아 간신히 차를 댄 상태였다. 그런데 차에서 내려 OO수산의 정확한 위치를 찾으려 핸드폰에 검색을 하는 순간, 오 마이 갓. 보고야 말았다, 남편 핸드폰에 떠 있는 OO수산의 사진들을. 그건, 내가 가보았던 귀엽고 세련된 풍의 카이센동 맛집이 아니라, 방어들이 헤엄치는 거대한 수족관과 장화를 신은 사장님이 있을 것만 같은, 동명의 활어회센터였다.

"아아아아아, 진짜. 자기한테 써치를 시키면 안 되겠다 증말!"

사랑스런 내 남편을 기죽이고 싶진 않지만, 그 순간만큼은 정말 바보같이 느껴져서 그만 짜증을 부리고 말았다. 누가 봐도 내가 오자던 그 OO수산의 사진이 아니었건만. 그는 정말, 이런 데에 재주가 없어도 너-무 없는 것이다.

이런 일은 한두 번이 아니었다. 결혼 전 상견례를 할 때에도 상견례 장소를 좀 알아봐 달라고 부탁했더니, 불판 앞에 앉아 고기를 구워 먹는 집을 알아 와서는 경악을 하게 한 적이 있으며. 청첩장을 돌리러 남편의 친구들을 만나기로 한 날, 자기가 괜찮은 중국집을 찾았대서 (중국집이라는 것에도 일단 갸우뚱했지만) 따라갔더니만, 그 화려하고 먹을 것 많은 압구정에서 다 스러져가는 중국집으로 인도한 적이 있었다. 뿐만이랴. 우리가 두 번쨋가 데이트를 하던 날, 먹자촌으로 핫한 신논현에서 만나 그가 데려간 곳은 '떡도리탕'이라는, 대학교 뒷골목에나 있을법한 분식집스러운 음식점이었다.

이제 막 연애를 시작한 커플들에게 열려있는 논현동의 대략 백여 개쯤 되는 예쁜 맛집을 두고, 우린 앞치마를 둘러 떡도리탕을 먹어야 했으니. (맛이 있어서 다행이었지만)

이렇게 그는 맛집 검색을 전혀 할 줄 모르는 화려한 이력을 보유한 사람. 이를 대신해 웬만하면 음식점은 내가 검색해서 데려가곤 했었고, 이번엔 이름까지 알려줬으니 전혀 꼬일 게 없을 거라 생각했다. 그는 운전만 하면 되니까. 그런데 그 많은 OO수산 중 가락시장 안에 위치한 전혀 다른 OO수산을 찾을 줄이야 내 어찌 알았겠는가.

그는 내 눈치를 살살 보며 미안하다고 연신 사과를 했고, 나는 간신히 화를 참고 재빨리 제일 가까운 진짜 OO수산으로 방향을 바꾸었다. 다행히 멀지 않은 석촌호수 쪽에 OO수산이 있었다.

이리저리 실랑이를 한 탓에, 음식점에 도착하니 시간은 벌써 오후 두 시가 다 되어있었다. 어렵게 도착한 이곳에서 식사라도 즐겁길 바라며 재빠르게 주문을 했다. 여기는 카이센동이 메인이니까, 우니랑 연어알 들어간 카이센동 하나 시키구, 저번에 맛있었던 알밥도 하나 시켜야지!

그런데, 음식이 나오고 나자 남편의 반응이 이상했다. 당장이라도 입에 집어넣고 싶은 횟감으로 가득한 카이센동을 보고는, 남편이 "난 이거(알밥) 먹을래"하며 음식의 위치를 바꾸자는 게 아닌가. 너무 당황스러웠다. 아니, 여긴 알밥 맛집이 아니라 카이센동 맛집인데? 이걸 맛보여주려고 왔는데 메인은 안 먹고 사이드만 먹겠다고? 그렇다. 그는 카이센동 맛집에 와서 열심히 알밥만을 먹었으며, 나는 그를 데려온 의미가 없어졌다는 것에 또다시 화가 나기 시작했다. 심통이 난 나는 말 한마디 없이 내 앞으로 밀려난 카이센동을 먹어 치웠다.

1시간을 걸려서 왔고, 20분을 주차에 애먹었으며, 다시 제대로 된 OO수산을 찾아오는데 또 20분을 소요했다. 그런데 밥은 15분 만에 먹어 치웠다. 화가 나서 음식을 전혀 음미할 수 없었던 것이다. 이루 말할 수 없이 허무했다.

음식점을 빠져나오면서 남편이 대체 왜 그러냐고 내게 물었다. 화가 나면 말을 일절 하지 않는 나는 참고 참다가 이렇게 쏘아붙였다.

"뭐랄까, (자기 모습이) 최고급 횟집에 와서 어린이 돈까스만 먹는 느낌이야."

악랄한 속내를 조금 더 덧붙이자면. 너의 그 후진 써치 실력으로는 도저히 찾아낼 수 없는 대단한 맛집에 데려왔더니만, 그 맛있는 것들은 젖혀두고 고작 알밥밖에 안 먹어? 네

촌스러운 입맛이 한심해서 견딜 수가 없어. 넌 정말 먹을 줄을 모르는구나? 데려온 사람의 의도도 전혀 파악 못 하고 말이야!

그 이후 우리는 말 한마디 하지 않고 다시 1시간을 차를 타고 집으로 와서는, 나는 안방, 남편은 거실에 자리 잡고서 오랜 시간 노-토킹 전쟁을 치렀다.

한 세 시간이 지났을까. 빼꼼히 방문을 열고 거실 쪽을 쳐다보니 비좁은 바닥에 담요를 덮고 누워있는 남편이 보인다. 갑자기 그 모습이 안쓰럽게 느껴졌다. 성질 더러운 마누라를 만나 바닥에서 자고 있는 내 남편. 왠지 사과를 해야 할 타이밍 같았다. 스멀스멀 그의 옆으로 가 애교를 부리며 눕자 그도 비실비실 웃는다.

"대체 화가 난 포인트가 뭐예요?"

그는 묻는다.

"아니, 너무 맛있는 집이라서 그걸 맛보여주고 싶어서 데려간 건데, 비주얼만 보고 자기 스타일 아니라고 생각하고 먹어보지도 않는 게 너무 답답해서…."

"왜, 나는 알밥 맛있게 잘 먹었어. 내가 뭔가 비린 걸 잘 못 먹나 봐."

"회랑 초밥은 잘만 먹잖아?"

"나는 그냥, 뭔가 밥 위에 회가 있는 게 싫어. 차라리 회만 먹던지 익혀 먹던지 그런 게 더 좋아. 그리고 자기가 맛있는 거 더 많이 먹었으니까 좋은 거 아니야? 각자 맛있는 거 많이 먹으면 되는 거지."

듣고 보니 그의 말도 일리가 없는 건 아니었다. 왜 꼭 최고급 횟집에 와서 어린이 돈까스를 좋아하면 안 되겠는가. 그건 취향일 뿐인데. 내 입맛이 고급지다는 착각과 허세에서 오는 심술이었음을 사실 나도 알고는 있었다. 그냥 그날은, 하나부터 열까지 꼬여대니 심술보가 과하게 터졌던 모양이다.

"다음부터는 네비에 찍기 전에 인터넷에 검색을 한 번 해봐. 음식점 사진이 뜰 거 아냐."

나는 그에게 써치 팁을 전수하고는 그의 귀여운 실수를 용서해 주었다.

저녁엔 남편과 손을 잡고 마트에 가서 비비고 돈까스와 냉면을 사 왔다. 집에 미나리가 남아서 냉면 위에 오이 대신 미나리를 조금 올리고, 에어프라이어로 튀겨낸 돈까스와 함께 먹었다. 이 소박한 밥상을 남편은 너무 맛있다며 좋아했다.

결국 이렇게 마무리될 거면서 왜 그리 심술을 부렸을까. 남편이 좋아하지도 않는 메뉴에 시간과 돈을 쓸 필요가 애초에 없었던 것을. 내 남편은 비비고 돈까스와 5천 원짜리 인스턴트 냉면으로도 이렇게 맛있어하는 것을.

　다음부터 내 입에 맛있는 맛집은, 괜한 사람을 괴롭히지 말고 나와 비슷한 입맛의 친구와 가기로 마음먹는다.

너에게로 가는
기찻길

여보

오늘은 오랜만에 친정집을 다녀가는 길이야.

9시 45분에 끊었던 기차를 놓쳐서

10시 차 입석으로 가고 있어.

서서 가야 하는데,

다행히 날씨가 좋아 창밖 구경을 하는 재미가 있네.

문득 우리 연애하던 때가 생각나.

세종에서 분당까지 자기 만나려고

나 매주 오송역에서 수서역 다녔었잖아.

비용도 비용이지만 매주 왕복 두 시간을

꼬박 1년을 오갔다는 게, 지금 생각해도 참 신기해.

내가 정말 자길 좋아했구나 싶어.

그때도 난 일찍 일어나는 걸 못해서

끊어놓은 차표를 날리기가 일쑤였고,

구두를 신고서 서서 간 적도 많았었지.

우린 왜 이리 멀리 떨어져 있을까 원망도 했지만

그래도 그 수고를 무릅쓰면서도

자길 만나고 싶은 게

내 마음이었나 봐.

이제 아침에 일어나서 자길 만나러 나오던 나의 집은

친정집이 되었어.

난 이제 거꾸로 자기와 사는 신혼집에서 친정집으로 여행을 가지.

그땐 쇼핑백 가득 물건을 챙겨 자기 집에 갖다 놓기 바빴는데,

이젠 거꾸로 엄마 집에 갈 때 한가득 물건을 챙겨가곤 해.

엄마를 보고 다시 자기에게로 가는 이 기차가

묘하게 뭉클해.

우리 사이에 이 기차가

없었더라면, 난 자기에게 가 닿을 수 없었을 거야.

정말 고마운 교통수단이야 그치?

앞으로 20분은 더 서서 가야 하지만

자기랑 연애할 때 듣던 노래들을 들으면서 가보려구.

나는 어쩜 영원히 이 기찻길과 기분을 사랑할 것 같아.

여기에 아직도 그때 우리의 마음들이 묻어있는 것 같거든.

이따 저녁에 만나,

오늘은 꼭 맛있는 거 해줄게.

코로나 시대의 결혼

2019년 9월 28일. 낮 두 시의 동해는 쾌청하고 평화로웠다. 멀리서 강원도까지 오는 하객들을 위해 오후 느지막이 잡은 결혼식은 여유롭고 섬세하게 준비되고 있었다. 아침 일곱 시에 양가 부모님들이 메이크업을 받기 시작했고, 나와 신랑은 한 8시 즈음 메이크업을 받기 시작한 것 같다. 난생처음 수많은 사람들 앞에 서야 한다는 사실이 떨려서 가슴이 콩콩거렸던 것 같기도 하고, 오늘만큼은 내가 주인공이라는 사실에 행복감을 느꼈던 것 같기도 하다. 예식은 성공적이었고, 하객들이 돌아가는 네 시가 되어서도 하늘은 푸르고 맑았다.

그로부터 3개월 뒤, 한국에 코로나 바이러스라는 것이 상륙했다. 일생일대의 행복한 결혼식을 치르고, 동유럽으로 열흘 남짓 신혼여행을 하고 온 후 벌어진 일이었다. 그 바이러스란 것은 결혼을 앞둔 예비부부들의 발목을 잡았다.

"듬지야, 나 결혼식 또 미뤘어…. 청첩장 다시 찍으면 알려줄게."

"벌써 두 번째 미루는 거야. 조금이라도 나아질까 싶어서."

최대 세 번까지 미룰 수 있다던 예식장 측의 배려도 결국은 아무런 소용이 없게 되었다. 결혼을 앞두었던 친구들은 미루고 미루었던 결혼식을 결국 눈물을 머금은 채로 진행했다. 어떤 친구의 결혼식은 50명까지만 하객을 부를 수 있었고, 어떤 친구의 결혼식은 신랑 신부를 제외한 모든 인원이 마스크를 쓴 채 사진을 찍었다. 마스크를 쓴 채 축가를 부르느라 힘들어 보이는 축가자와, 마찬가지로 마스크를 써서 뭐라고 하는지 잘 들리지 않는 사회자, 바이러스에 옮을까 봐 밥도 먹지 않고 떠나가는 하객들, 텅 빈 뷔페… 그 모두가 코로나 바이러스가 만든 살풍경이었다.

그러나 사람은 적응에 최적화된 동물이라 했던가. 그런

풍경들도 1년이 넘고, 2년이 지나가도록 이어지니 갈수록 무뎌지게 됐다. 아이구 그 친구 결혼한대? 코로나라 하객 제한 있지? 난 갈 수 있으려나? 못 가면 축의만 하지 뭐. 이런 대화들이 아무렇지 않게 오가게 되었고, 점점 감정이입을 하는 일도 줄어들었다. 결혼식의 풍경은 이제 2019년 코로나 이전과, 2019년 코로나 이후로 나누어도 될 정도로 명확한 경계를 짓고 있었다.

코로나 시대의 결혼식. 그것은 언제 끝날지 도무지 기약이 없는 것이기도 했다. 어느 날은 코로나 기간에 결혼식을 올린 친구의 집에 초대를 받아 놀러 가게 되었는데, 내게 저녁을 차려주던 친구가 요리를 하며 이렇게 말하는 게 아닌가.

"듣지 네가 결혼식 진짜 잘한 거야. 나 진짜 제일 부러운 사람이잖아. 코로나 전에 결혼한 사람."

그때 아차 싶었다. 아무리 무뎌져도, 이제 모든 사람들이 다 그런 식으로 밖에는 결혼식을 치를 수밖에 없다고 생각해도, 일생의 단 한 번뿐인 결혼식을 치르는 신랑 신부의 마음은 절대 무뎌질 수 없다는 걸 실감하는 순간이었다. 마스크는커녕 서로 정답게 침을 튀기며 예식을 구경하고, 밥을 먹고, 심지어는 폐백을 끝내고 친구들을 부둥켜안기까지 했던 내 결혼식은, 친구들이 말하는 대로 대단한 축복이었던 것이다.

　무뎌짐은 얼마나 서글픈 일일까. 상태가 호전되리라고 믿었던 코로나 초기와는 달리, 요즘 결혼하는 친구들은 예식을 미루었다는 소식 같은 건 전해오지 않는다. 미루지 않는다는 건, 몇 개월 내로 모두가 마스크를 벗고 예식장에 올 수도 있다는 희망 자체를 내려놓았음이다. 사태는 더욱 나빠져 올해에는 코로나 확진자가 기하급수적으로 치솟았고, 친구는커녕 가족과 친지만 부를 수 있다는 소식도 종종 들려온다.

　누군가는 우스갯소리로 말한다. 하객들이 와서 밥 안 먹고 축의금만 보내주면 고마운 거 아니냐고. 식대를 아끼는 측면에서만 생각해보면 (그렇게 생각하는 이가 정말로 있을지는 모르겠지만) 뭐 그럴 수도 있겠다 싶다. 하지만 고르고 고른 웨딩드레스를 입고, 그보다 더 아름다운 한복을 입은 친정 엄마를 본다면, 아무리 거대한 식대를 치르더라도 사람들에게 보여주고 축하받고 싶은 것이 신랑 신부의 마음이란 걸 나는 안다. 일생에 딱 한번 있는 이벤트를 내 사람들과 직접 얼굴을 맞대며 공유하고 싶은 그 마음을….

　가끔은 코로나 이전에 영유했던 일들이 아득하게만 느껴

진다. 해외를 자유롭게 여행하는 것은 물론이고, 매일같이 바르느라 빨리 닳아가던 형형색색 립스틱, 모르는 사이지만 촘촘히 붙어 앉아 같은 장면에 놀라고 웃는 영화관 풍경, 입 모양을 모두 정확히 볼 수 있었던 길거리의 수많은 버스커들…, 그리고 더불어, 예식이 끝난 신랑 신부를 기다리며 뷔페에 앉아 수다를 떨던 일들까지도 모두, 꿈처럼 아득해져 간다.

내일모레 또 지인의 결혼식이 있다. 상황을 봐서 갈 수 있으면 꼭 가겠다던 나의 약속은, 폭주하는 확진 추세로 지킬래도 지킬 수 없게 됐다. 역시나 가족과 친지까지만 허용되는 결혼식. 텅 빈 예식장에서 쓸쓸하게 예식을 치르고, 내 모습을 찍어줄 친구들도 박장대소를 해줄 동료들도 없이 그 날을 기억할 신랑 신부의 마음을 가늠해본다. 아무리 우리가 지구를 망쳐서 이런 바이러스도 창궐하는 거라지만, 사랑하는 이들과 함께할 수 없는 신랑 신부가 대체 무슨 잘못인가 싶다.

하늘이 자비를 베푼다면, 사랑의 약속을 앞둔 수많은 커플들을 봐서라도 한시 속히 코로나 종식 시대를 내려주었으면 좋겠다. 하객인 나도 마스크를 벗고 신랑 신부와 덕담을 나누는 그 날을 간절히 꿈꾸고 있다.

사연 없음

남편과
할머니

나는 할머니에 대한 추억이 거의 없다. 외할머니는 내가 초등학교 3학년일 때 지병으로 돌아가셨고, 친할머니는 연세 여든아홉까지 무병장수하셨지만 돌아가실 때 내 나이가 중학교 1학년이었다. 친할머니에 대한 기억이 그나마 조금 있는 편이지만, 할머니는 항상 방에만 계셨고, 텔레비전에 나오는 할머니들처럼 내 궁둥이를 두들기며 "우리 똥강아지" 하는 다정한 할머니는 아니셨다. 그래서 나는 할머니만 떠올리면 애틋한 감정에 눈물을 글썽이는 친구들을 마음 깊이까지 이해하지는 못했다.

내 남편은 어릴 때 외할머니 손에서 컸다. 두 분 다 공무

원이셨던 부모님 대신 늘 외할머니께서 그를 무릎에 앉혀 키우셨다고 들었다. 그래서일지 남편은 늘 할머니에 대한 애틋한 마음을 가지고 있었다. 우리 할매, 우리 할매 하면서. 가끔 티브이에서 할머니와 관련된 얘기가 나올 때면 애기처럼 삐질삐질 눈물을 흘리기도 했다. 나도 할머니와의 그런 기억이 많았다면 좋았을 텐데. 나에겐 없는 어떤 정서를 가진 남편을 보며 그 모습이 귀여운 동시에 부러운 적이 많았다.

최근 남편의 할머니가 돌아가셨다. 어느 날 아침에 갑자기 출근한 남편에게 전화가 왔다. 울먹울먹하는 목소리만 듣고도 알아챌 수 있었다. 한 달 전쯤부터 건강이 극도로 악화되어 병원에 계시던 할머님이 결국 돌아가신 거였다.

전화를 끊자마자 나는 울기는커녕, 검은색 옷이 뭐가 있었더라 머리를 굴리고, 부리나케 화장을 하고, 아무렇게나 구겨진 머리를 고데기로 펴고 남편을 기다렸다. 남편이 집에 도착했을 땐 마음 깊이 헤아리진 못했지만 지긋이 안아주었다. 남편의 차를 타고 세 시간 가까이 걸리는 강원도로 향하면서 남편의 심정을 헤아려보려고 애썼다. 나에겐 없었던 할머니와의 끈끈한 애정. 그런 분이 돌아가시면 도대체 어떤 기분일까… 하고.

그리고 속죄했다. 나에게 없는 할머니라 해서 남편의 할머니께도 크게 신경 쓰지 않았던 것에 대해. 까탈스런 결벽증 탓에 할머님이 드시던 잡채에는 젓가락을 대지 않았던 것에 대해. 결혼식 날 혼주 메이크업 때 할머님도 끼워달라는 신랑의 말에 "부모님들까지만 하는 거야"하고 거절했던 것에 대해. 부모님이 밖에서 일을 하시는 동안 내 남편을 어여쁘게 돌봐주신 분이 이제, 이 세상에서 지워지고 있었다. 이럴 줄 알았더라면 더 신경 써드릴걸, 할머님과 반찬 좀 같이 먹으면 어떻다고 그 까탈을 부렸을까, 혼주 메이크업에 할머님 한 분쯤 더 넣는 거 뭐 얼마나 힘든 일이라고 생색을 냈을까. 모든 게 마음에 걸렸다.

장례식장에 도착했을 때 나는 내심 걱정했다. 가족과의 사이가 굉장히 좋은 시댁 식구분들이 모두 울고 계시는 건 아닐까 하고. 하지만 가족의 죽음을 받아들여야 하는 동시에 조문객들을 챙겨야 하는 입장의 어르신들은 생각보다 침착하셨고 적당히 사무적이셨다. 남편도 웬일인지 막상 장례식장 안에서는 그닥 눈물을 보이지 않았더랬다.

하지만 장례 이틀 차 아침. 비로소 모든 이들이 무너지는 걸 볼 수 있었다. 조문객이 오지 않는 아침, 더 이상 챙겨야 할 침착함이 없는 그 아침, 입관식이 있었다. 사실 난 입관이라는 게 뭔지도 몰랐다. 장례지도사가 가족분들 다 따라 들어오래서 '손주 며느리인 나도 들어가도 되는 걸까?'라는 생각으로 따라 들어갔을 뿐이다. 그랬더니 하얀 천에 덮인 할머님의 시신이 있었다. 엊그제까지 분명히 온기가 있었을, 매우 자그마한 몸이었다.

모두가 울었다. 다섯 명의 장성한 자식들과, 사위와 며느리와, 그들의 어린 자식들이. 그리고 할머님이 드시던 잡채에는 손도 안 대던 못된 손주며느리인 나까지…. 할머님을 거의 모시고 사셨던 우리 어머님은 "엄마아 잘 가아"하면서 목놓아 우셨다. 그 모습에 나도 눈물과 콧물이 한데 섞여 줄줄 흘러내렸다. 내 친할머니 장례식 때도 눈물 한 방울 안 흘린 나였는데… 이 슬픔은 어디로부터 생겨나는 걸까.

입관, 발인. 손님을 맞아야 하는 순간에는 모두가 차분했다가, 어르신들이 눈물범벅이 되는 순간은 그렇게 딱 두 차례였다. 그리고 그때면 할머님과 말 한마디 제대로 안 나눠본 나도 덩달아 눈물이 흘렀다. 남편과 할머니와의 애정에 대해서는 난 영원히 이해할 수 없을 것이다. 하지만 조금은 알 것 같았다. 내가 사랑하는 사람이 또 다른 사랑하는 사람을 잃으면 나도 함께 슬프다는 걸. 그게 가족이라는 걸.

긴 긴 장례가 끝나고 녹초가 되어 집으로 돌아오는 길. 양

사연 없음

가 부모님들께 잘해야겠다는 생각이 들었다.

엊그제는 친정엄마가 한가득 반찬을 만들어 택배로 보내왔다. 딸이 좋아하는 멸치볶음이랑 메추리알 장조림이랑 두부조림이랑… 사위가 좋아하는 진미채도. 이걸 보내겠다고 작은 부엌에서 몇 시간이고 음식을 지지고 볶고 우체국에 다녀왔을 엄마의 모습이 떠올랐다. 어제는 또 엄마가 "보고 싶다~ 언제 와?"라고 카톡을 보내왔다. 사실 출간을 준비 중이라 출간 때까지는 친구도 안 만나고 친정집에도 안 내려가려고 독하게 마음먹었었는데. 시할머님 장례식의 여파였을까, 엄마한테 가서 맛있는 걸 사주고 싶어졌다. 물론 딸이 오면 요리도 청소도 배로 고생할 엄마지만, 엄마가 나를 보는 게 행복이라는데 어찌 안 가겠는가.

자식밖에 모르는 우리 엄마, 아빠, 어머님, 아버님. 모두 건강하게 오래 사셨으면 좋겠다. 나에게 언젠가 닥칠 또 다른 슬픔이 되도록 최대한 최대한 유예되었으면 좋겠다.

너의 세계에
젖어 드는 일

지금의 남편과 처음 연애를 하던 때. 이제 막 서로를 파악하기 시작한 두 달 차 즈음일까. 남편은 내게 말했다. 자신은 스노보드 snowboard를 잘 탄다고. 그리고 좋아한다고, 것도 아주 많이. 무엇을 좋아한다는 건, 그리고 그 좋아하는 무엇을 말하면서 사람의 눈이 반짝거린다는 건 나에게 아주 큰 매력 포인트였다. 특별히 좋아하는 것이 없다는 사람보다 무언가 들여다볼 점이 있겠다고 생각했기 때문에.

그러나 남편의 그 '좋아한다'의 정도가 나 같은 스노보드 문외한의 일반적 상식을 훨씬 뛰어넘은, '미치게 좋아한다'는 뜻이었다는 건, 우리가 연애를 하고 처음 맞은 그해 스키장이 개장하고서야 정확히 알게 되었다. 그는 겨울이 되어 스키장이 열리면 매주 주말마다 출근 도장을 찍는 사람이었으며, 하고 많은 스키장 중에서도 하필이면 강원도 끄트머리에 있는 용평리조트까지 가야 하고, 마찬가지로 스노보드에 환장한 사람들과 반드시 함께 스노보드를 타야 하는 사람이었던 것이다.

나는 서운함과 당혹감을 감출 수 없었다. 그도 그럴 것이 우리는 장거리 연애였다. 나는 충남 세종에 살고 있었고 남편은 분당에 살고 있어서, 나는 주말이면 SRT 고속열차를 타고 그를 만나러 가곤 했었다. 매일매일 보고 싶은 마음을 누르고 서로의 일상을 지낸 뒤, 가까스로 주말에만 볼 수 있는 연애. 그런데 그 애틋한 연애에도 불구하고 자신은 매주 주말마다 스키장을 가야 한다니, 나는 기가 찼다.

어떻게 할 것인가에 대한 문제를 두고 우리는 참 많이도 싸웠다. 그는 많이 양보해 2주에 한 번은 나를 만나주겠다고 했으나 그 이상은 힘들다고 했다. 죽어도 스노보드를 포기할 수는 없다는 거였다. 그게 아니라면 나도 자신과 함께 가서 타는 방법밖에는 없다고 했다. 젠장. 제대로 코가 꿴 느낌이었다. 뭔가를 진심으로 좋아해서 이 사람이 멋져 보였는데, 까고 보니 너무 몰두한 나머지 나에게 시련을 안기는 사람이었다니.

그러나 어쩌겠는가. 그렇다고 이 연애를 무르기에는 그가 너무 좋아져 버려, 나는 선택을 해야 했다. 2주에 한 번 그를 만나는 것으로 만족할 것인가, 아니면 함께 따라가서 스노보드를 배울 것인가. 겨울이라면 치를 떨고, 운동이라면 더 치를 떠는 나에게, 한겨울 혹독한 바람을 볼때기에 처맞으며 스포츠를 배우는 일은 거의 극기 훈련에 가까웠지만, 결국 나는 그를 매주 따라갔다. 강원도 대관령 부근의 그 용평리조트까지.

믿기 힘들겠지만 나는 그 해, 그리고 그다음 해가 되어서도, 거의 매주 그를 따라가 스노보드를 배웠다. 세종에서 1시간 열차를 타고 수서역으로 가면, 그가 나를 수서에서 픽업해 2시간 반을 또 운전해서 강원도 스키장에 가는 식이었다. 지금 돌이켜보면 참으로 미친 열정이었다. 좋아한다는 이유로, 놓을 수 없다는 이유로 발휘되었던 미친 열정.

한 사람을 사랑하게 된다는 건, 이토록 그의 세계에 젖어드는 일. 나는 두 해를 꼬박 그와 함께 스키장을 다니면서 참 많은 것들을 알게 되었다. 사실 나는 그를 만나기 전에 스키장이라곤 딱 한번 직장 워크숍으로 가본 게 다였는데, 그마저도 타는 둥 마는 둥 하고 내려온 뒤 핫초코나 마셨던 기억뿐이었는데, 세상에는 매주 그곳에 발 도장을 찍어가며 진심으로 스포츠를 즐기는 사람이 너무나도 많았던 것이다.

그러나 놀라운 사실은 온종일 지칠 줄 모르고 몇 번이고 슬로프를 내려오는 사람들의 열정뿐만은 아니었다. 사실 데크와 부츠는 붙어있는 것이 아니라 떨어져 있어서 그때그때 부착해서 신는 것이었고 (스키용품 대여소에서 편의상 붙여서 대여하는 것일 뿐이다), 진정으로 스노보드를 좋아하는 사람들은 장비를 대여하지 않고 자신이 직접 구매해서 착용한다는 것, 거기에 '시즌방'이라는 걸 만들어 보드 애호가들과 먹고 자며 가족처럼 생활한다는 것, 심지어는 국내에서 타는 것도 모자라 가끔 캐나다나 일본 같이 눈이 미친 듯이 내리는 나라로 원정을 떠나기도 한다는 것, "나 최상급에서 탔어"가 더 이상 "나 보드 잘 타"와 동의어가 아니라는 사실까지도 나는 알게 됐다.

타고난 운동치였지만 열심히 따라다닌 결과 나에게도 변화는 있었다. 그를 따라 스키장에 간 첫날 나는 땅바닥에서 일어나지도 못했으나, 시간이 지나 어느새 혼자 일어나 슬로프를 내려오게 됐고, 앞을 보며 쭉 내려오는 일명 '낙엽'을 뗀 뒤에는 등을 지고 내려오는 법, 이어 S자를 그리며 내려오는 '턴'까지도 배우게 된 것이다. 물론 그 이후로도 배울 것은 많았으나 거기까지 배웠을 때 즈음 우리가 결혼을 하게 되어, 더 이상 그전처럼 열정적으로 스키장에 가는 일이 없게 되었다. 그렇지만 딱 거기까지였을지언정, 나는 열정 보더 boarder인 남편 덕에 내 사주에는 없던 스노보딩의 세계를 알게 된 것이나 다름없었다.

한때는 이 사람이 미친 것이 아닌가 싶었던 일도, 손을 붙잡고 그 세계를 함께 들여다보다 보니 가랑비 젖듯 이해하게 되는 것을 보면서, 나는 사랑이라는 게 참 어찌나 대단한 감정인지를 두고두고 깨달았더랬다. 내 남편의 못 말리는 보드 사랑에 대해 지인들이 "아니 무슨 매주씩이나 가야 해?"라고 물어오면, 어느새 나는 "그게, 시즌권을 끊어놨으니까 돈 아까워서라도 가야지"라며 남편을 두둔하는 아내가 되어있었으니. 그들은 모르지만 나는 아는 것, 알다 못해 온 몸과 마음으로 이해하는 것, 그게 게 편이 되어버린 가재 입장의 나였다.

부부가 된 지도 어언 3년 차. 이제 우리의 패턴은 연애 때와는 또 다른 양상을 맞아, 남편은 겨울이 되면 나를 두고 홀로 스키장으로 떠난다. 다들 집에 남은 내가 외로울 거라고들 생각하지만, 그 정도 따라가 봤으면 됐다는 심산의 나는 오히려 혼자 있기를 자처하는 편이다. 더 이상 눈물겨운 장거리 커플이 아니니까. 열심히 주말에 남편이 보드를 타고 와도 월화수목금 또 볼 수 있으니까. 그때는 서운했지만 이제는 서운하지 않은 우리는, 잠깐 떨어져 있다고 어떻게 되지 않는 부부이니까 말이다.

덕분에 남편도 더욱 편해졌다. 이제 더는 주말에 함께해야 한다고 칭얼거릴 일 없는 와이프 덕에, 남편은 제 친구들과 신나게 스노보딩을 즐길 수도 있게 됐으니. 나를 돌보느라 잘 가지 못했던 최상급 슬로프에서 거의 묘기에 가까운 보드 실력을 맘껏 뽐낼 수 있어 얼마나 좋겠는가.

그러고 보면 사랑. 그건 참 지독한 관용이자 이해가 아닌가 싶다. 나는 어느새 그와 함께 설원이 펼쳐진 캐나다로 보드 원정을 가는 것을 공동의 꿈이라고 착각하고 있다. 아니 분명 그의 꿈이었는데 언제 내 꿈이 된 거지…. 뿐만인가. 훗날 아이를 낳아 온 가족이 함께 스키장을 찾으면 또 얼마나 예쁜 풍경이 연출될까를 생각하며 흐뭇해하는 나를 발견하기도 한다. 신기하고도 재밌는 현상이다.

누군가의 세상을 받아들이는 경험이 때론 버겁고 당혹스러울 때도 있지만, 투덕거리면서도 은근한 즐거움으로 내 세상과 겹쳐질 때. 그렇게 교집합이 늘어가고 너의 것과 나의 것이 하나가 될 때. 나는 그 사람을 사랑한다고 느낀다.

너를 알고 싶어 하는 그 마음에서 내 사랑을 느낀다.

주변을 둘러보면, 그래서인지 우리 같은 부부가 꽤나 많다. 각자의 취미를 존중하며 터치하지 않는 부부도 있지만, 반면에 서로 다른 취미를 함께 공유하는 부부들도 많다는 것. 남편을 따라 테니스를 배우러 다니는 부부, 아내를 따라 함께 등산하는 부부, 설경구에 반한 배우자 덕에 설경구가 나오는 영화를 독파하는 부부. 인생의 가장 많은 시간을 함께하는 친구인 배우자를 따라 어떤 세계를 공유한다는 것은, 어쩌면 단색이었을 내 세상에 다른 색감의 잉크 한 방울을 떨어뜨리는 즐거운 경험이 아닐까.

그런 의미에서 나도 다음 시즌부터는, 슬슬 해이해졌던 스노보드를 다시 타러 가봐야겠다. 언젠가 캐나다의 드넓은 눈밭을 온 가족이 함께 쌩쌩 달리려면 보드 실력을 더 키워놔야지 않겠는가!

내 남편의 꿈은
장항준입니다

여성파워가 그 어느 때보다도 막강한 요즘. 요새는 사회적으로 성공한 아내를 적극적으로 내조하는 남자들이 꽤나 많아졌다. 더불어 이제는 그것이 남자로서 기량을 펼치지 못해 수치스럽다거나 무능력한 것이라고 치부되지 않은 지도 오래. 오히려 당당하고 떳떳하게 "내 아내가 이리도 잘났다"며 긍지로 여기는 남자들이 이 공개적으로 점점 늘어나는 추세다.

예전에는 이런 남자를 두고 '셔터맨'이라고 했었다. 약사나 의사 같은 고학력 고임금 아내를 만나, 아침저녁으로 셔터만 여닫아주며 살아가는 남자라 하여 붙여진 별명. 그런데 요새는 다른 표현이 많이 생겨났다. 바로 도경완, 이상순, 장항준 같은 구체적 인물의 이름이다.

타의 추종을 불허하는 대한민국 최고 트로트 여제 장윤정의 남편, 도경완 아나운서. 20세기 말부터 현재에 이르기까지 언제나 톱스타 반열에서 빠지지 않는 이효리의 남편, 이상순 뮤지션. 그리고 요즘 들어 그 두 남편들의 뒤를 재빠르게 쫓고 있는 김은희 작가의 남편, 장항준 감독. 사람들은 성공한 아내를 둔 이 남편들을 두고 '신이 내린 상팔자', '인생은 장항준처럼'이라 말한다. 아내의 수입만으로도 두 부부가 풍족하게 먹고살 수 있는 이들의 라이프스타일을 향한, 남자들의 부러움이 담긴 표현이다.

그리고 여기, 그런 상팔자를 꿈꾸는 또 한 명의 남자가 있으니… 바로 내 남편이다. 그렇다. 나의 남편은 '제2의 장항준'을 꿈꾸는 중이시다. 도경완과 이상순이 있지마는 하필 장항준 감독을 가장 우상화하는 이유는 바로 부인인 내가 글을 쓰고 있기 때문일 것이다.

예전에는 아무리 작가가 글을 써서 대박이 난다고 한들, 콘서트와 행사 수입만 해도 어마어마한 연예인의 수입에 비할 바가 못 되었었다지만, 바야흐로 전 지구적 시청이 가능한 OTT 플랫폼 시대가 열리면서 작가들에게도 이른바 '대박'의 시대가 열리고 있다. 단지 국내에서만 글이 팔리던 세상에서, 수출이 얼마든지 가능해지게 되면서 작가들의 수입 지평이 바뀌고 있기 때문이다. 비단 극작가가 아니더라도 마찬가지다. 소설가나 웹툰 작가의 작품이 드라마나 영화화되는 일이 얼마나 많아졌는가. 정세랑 작가의 『보건교사 안은영』은 넷플릭스 드라마로 제작되었고, 웹툰을 원작으로 한 드라마는 이미 셀 수도 없이 많다.

장항준 감독이 신이 내린 상팔자의 대열에 끼게 된 것 또한 바로 이 시대와 맞물렸기 때문에 가능한 일이었다. 김은희 작가, 당연한 소리지만 원래부터 글을 잘 썼다. 「싸인」으로 터지기 시작해 「시그널」로 국내에서 대박을 쳤을 때에도 그녀의 꼼꼼하고 긴장감 넘치는 글을 사람들이 얼마나 사랑했는가. 하지만 지금의 김은희 하면 대표작이 무엇이냐. K 좀비라는 대체 불가 캐릭터를 만들어낸, 글로벌 드라마 「킹덤」이 아니겠는가.

김은희 작가는 넷플릭스로 제작한 「킹덤」으로 이른바 월드와이드급 극작가가 되었고, 이는 아무리 명성이 드높아도 톱스타 연예인의 수입에는 못 미치던 작가 세계의 지형을 완전히 바꾸어놓는 계기가 되었다. 그런 그녀가 너무나 유명한 글로벌 작가가 되자, 장항준 감독은 자연스레 장윤정

이효리의 남편과 어깨를 견주는 상팔자가 되었고 말이다.

그러나 단지 돈 잘 버는 아내를 만났다는 이유로 그들이 부럽다면 그것은 섣부른 오해인지도 모른다. 이 상팔자 남편이 되기 위한 아주 중요한 자질이 따로 있기 때문이다. 이는 대표적으로 장항준 감독을 보면 알 수 있다. 그는 원래 김은희 작가가 유명하지 않던 시절 그녀보다 더 잘 나가던 영화감독이었다. 그러나 그는, 글을 쓰는 자신의 배우자 김은희를 적극적으로 응원하고 지지한 남편이기도 했다. "내가 잘 버는데 뭐하러 글을 써, 넌 그냥 애 키우고 살림이나 해"라고 하지 않은, 배우자의 가능성과 꿈을 믿어준 남편 말이다.

어쩌면 그런 남편이 있었기에 지금의 김은희 작가가 탄생할 수 있지 않았을까. 진정한 내조, 그러니까 배우자가 하고 싶어 하는 일을 적극적으로 믿고 응원해주는 일. 자신의 배우자가 자신보다 더 인지도가 높아지고 돈을 잘 벌게 되었을 때도 질투나 무력감에 빠지지 않는 일. 그런 아내를 되려 긍지로 여기는 일. 그런 일은, 아직도 남편이 더 경제적으로 우세해야 한다는 가부장적 마인드가 버젓이 존재하는 세상에서 결코 쉬운 일만은 아닐 것이다. 그래서일까, 나는 항상 김은희 작가의 옆에서 그녀를 응원했을 장항준 감독이 멋지고 대단해 보였다. 그가 믿어주지 않았다면, 김은희 작가의 성공이 없었을지도 모르는 일이기에.

세상의 많은 아내들이, 많은 재능을 가지고도 살림과 육아라는 현실 앞에서 그 재능을 묻어버리곤 한다. 남편이 돈을 벌어온다는 이유로, 아이를 키워야 한다는 이유로, 혹은 남편이 존중해주지 않는다는 이유로, 어쩌면 싹을 틔워 세상을 바꿨을지도 모를 아내들의 재능이 지금 이 순간에도 사라져 가고 있는지 모른다.

『위대한 개츠비』를 쓴 스콧 피츠제럴드의 아내 '젤다' 역시 그런 케이스였다. 젤다는 글쓰기에 눈부신 재능이 있었다. 하지만 아녀자가 글을 쓴다는 것에 부정적이었던 당대의 분위기와 이미 문학가로 성공 가도를 달리던 남편의 기에 눌려 그녀는 살아생전 글쓰기의 능력을 인정받지 못하다가, 사후에 이르러서야 그녀의 재능이 얼마나 반짝이는 것이었는지가 재조명되고 있다.

그중에서도 젤다의 재능이 드러날 수 없게 한 결정적인 한 방은, 바로 젤다의 남편인 스콧의 태도였다. 스콧은 젤다의 재능을 과소평가했다. 게다가 젤다가 쓴 글을 자신이 쓴 양 가져다 쓰기도 했다고 알려져 있다. 세계적인 작가가, 남편으로서는 아내의 재능을 발견하지도 못했고 오히려 부정했다니. 그 사실에 어찌나 큰 충격을 받았는지 모른다. 만약 스콧이 아내의 재능을 인정하고 격려해주었더라면 어떻게 되었을까. 어쩌면 20세기 미국 문학의 걸작이라 추앙받는 스콧의 『위대한 개츠비』보다 더 대단한 작품이 나왔을지도 모를 일이다.

이런 슬픈 일화를 듣고 있노라면, 사실상 살림과 육아라는 현실적 문제로 재능을 꽃피우지 못하는 아내를 남편이 지지하고 내조하는 일이 얼마나 어려운 일인가를 실감하게 된다. 물론 장윤정과 이효리는 결혼 전부터 톱스타였으니 이 사례와 안 맞지 않나요? 하겠지만 조금만 더 깊이 생각해보자면, 그녀들이 왜 그 많은 능력자 남자들을 두고 도경완과 이상순을 사랑하는지가 선명히 보인다.

나는 「효리네 민박」을 보며, 하루에도 스무 번이 넘게 "오빠~"를 부르는 이효리의 모습을 보고 놀란 바가 있다. 이상순이 그녀의 막대한 부를 함께 나눠 쓰는 상팔자라고 하기엔 그의 하루는 아주 바빠 보였다. 먼저 일어나 반려동물의 밥을 챙기고, 집안 이곳저곳을 수리하고, 아내가 부르면 홍반장처럼 달려가는 그가 아내의 돈을 그저 '쓰기만 하는' 사람으로 보이지는 않았다. 도경완 아나운서 역시 마찬가지다. 「슈퍼맨이 돌아왔다」에서 도경완이 장윤정을 얼마나 각별하게 내조하고 응원하는지를 보면 일반 남성들은 가히 흉내도 못 낼 수준이다. 그러니 상팔자 남편으로 살아가기 위해서는 필히 '희생'과 '내조'와 '사회가 정해준 젠더 역할이 완전히 뒤바뀌어도 한 점 억울해하지 않는 마음씨'가 뒷받침되어야 한다는 사실.

그런 의미로 나는 내 남편이 '장항준이 되고 싶다'고 농담 삼아 말할 때에도 그가 하나도 밉지 않았다. 그는 글을 쓰고 싶다는 나를 전폭적으로 지지해주는 세상의 유일무이한 남자였기 때문이다. 심지어 나는 올해부터는 생활비를 전혀 보태지 못한 채 글을 쓰고 있는데도 그는 나의 글쓰기를 지지해주었다. 나에 대한 투자라며, 내가 돈 잘 버는 베스트셀러가 되면 그때 다 보상받을 거라며, 그는 아내가 책을 낼 수 있도록 힘을 보태주는 남편이었다. 지금에야 내가 출간 계약도 하고 세상에 책도 내고 했으니 망정이지, 사실 아무 근본도 없이 무작정 덤벼드는 나를 뜯어말릴 수도 있는 일이었다.

그래서 나는 항상 남편에게 고마운 마음을 가지고 있었다. 어쩌면 연애 때부터도 그랬다. 내가 글을 쓴다고 밝혔을 때, 나를 비웃거나 괴짜라고 여기던 다른 남자들과는 다르게 나를 멋지다고 해준 그에게 확연히 다른 크기의 사랑을 느꼈는지도 모른다. 물론 그는 타고난 성정이 그런지라 별 대수롭지 않게 나를 지지한 것일 수도 있다. 하지만 내 삶에는 글 쓰는 나를 현실성 없는 몽상가라고 치부하던 사람들이 많았었기에, 나는 그게 그렇게도 눈물겹게 고마웠었다. 그래서 이 고마운 남자를 위해서라도 언젠가 꼭 글쓰기로 성공을 하고 말리라는 각오 같은 것도 생겨나 더 열심히 부지런히 글을 써왔더랬다.

시간이 흐른 지금. 물론 나는 아직 대작가 김은희와 견주기엔 턱없이 모자란 병아리 작가로 살아가고 있지만, 그래도 조금씩 내 입지를 다져나가고 있다는 점, 그리고 여전히 나를 김은희라 칭해주고 자신이 장항준이 될 것이라 믿어 의심치 않는 남편 덕에, 포기하지 않고 이렇게 즐겁게 글을 쓰는 중이다.

누군가에게 내 꿈을 지지받는다는 일은, 그게 나와 반평생을 함께할 배우자라는 사실은, 가끔 내게 그 무엇과도 바꿀 수 없는 삶의 큰 힘으로 작용한다. 나의 가능성과 꿈을 의심하지 않고 전폭적으로 지지해주는 배우자를 만날 수 있는 행운은 얼마나 될까 종종 헤아려본다. 그럴 때면 내가 비록 로또가 당첨되거나 금수저를 물고 태어나는 복은 없었더라도, 그래도 배우자 복만큼은 타고난 게 아닌가 하는 생각에 흐뭇하다.

장항준, 즉 신이 내린 상팔자를 꿈꾸는 남자들은 그렇기 때문에 이 점을 유념해야 할 것이다. 단지 배우자의 금전적 능력에 대한 기대뿐 아니라, 배우자의 일과 소망을 진심으로 애정하고 지지할 수 있는지를. 더불어 그로 인해 자신에게 돌아오게 될 수많은 의무와 희생을 감당할 수 있는지를 말이다.

오늘도 장래 희망으로 장항준을 꿈꾸고 계신 내 남편에게 고맙고 또 감사한 마음으로 하루를 마무리해야겠다. 아내의 꿈이 이루어질 때까지 온종일 밖에 나가 생활비를 벌어오는 그대를 위해, 오늘도 정성으로 가득한 저녁상을 차려보리다. 사랑해요, 미래의 신이 내린 상팔자님.

사랑과 결혼에 대한
끝없는 탐구

사랑이 뭘까요. 단순히 남녀가 화학적 반응에 이끌려 서로를 탐닉하고 성적인 접촉을 하는 것? 그러다 화학적 반응이 끝나면 권태기를 겪고 이별하거나, 누군가는 권태기를 극복해 그 부재의 공간에 다른 감정들을 채워나가는 것? 우리 인간은, 그저 번식을 위해 서로의 곁에 머물다 때가 되면 새 짝을 찾아 떠나는 동물과 달리, 결혼이라는 제도를 통해 관계에 영속성을 부여해왔습니다.

비혼과 이혼과 재혼이 얼마든지 자유롭고 부끄러워지지 않은 세상입니다. 그러나 시대가 아무리 변해도 그 영속성을 믿으며 여전히 결혼을 하고 싶어 하는 사람들은 어째서 존재하는 걸까요. 그리고 그들은 왜 언제 변할지도 모를 마음을 한 사람에게 바치겠노라 맹세하고 법적으로 봉인해버리려는 걸까요. 저는 늘 그 점이 궁금했으나, 아직도 그에 대한 명확한 답은 찾지 못했습니다.

저는 서른에 결혼을 했습니다. 제가 결혼을 원하는지, 결혼을 안 하면 어떻게 살지에 대한 깊은 통찰을 해본 적은 없었어요. 제 곁에 사랑하는 사람이 있었고, 그 사람이 하필 상냥하고도 성실한 사람이었기에 저는 그 사람과 결혼하면 좋겠고 생각했을 뿐입니다. 그리고 아직까지는 그와의 결혼생활에 있어 별다른 불만을 겪은 적이 없으니, 이는 잘 유지되고 있는 결혼생활이라 해도 무방하겠지요?

사랑의 주된 요소를 '화학적 감정'이라고 생각하는 이들은 결혼을 두려워합니다. 한 사람과 몇십 년이나 함께 살 자신이 없다고, 곧 지루해져 버리면 어쩌느냐고 물어옵니다. 반대로 화학적 반응이 아닌 가족이라는 끈끈한 결속으로 결혼을 바라보는 이들은 화학적 반응 따위는 아랑곳하지 않고 안정된 생활을 함께할 대상을 꼼꼼히 찾기도 하지요. 오늘날의 결혼 중개 회사는 그런 갈망에서 비롯되지 않았나 싶습니다.

그러면 그리 깊은 통찰 없이 결혼을 덜컥해버린 저는 어떤 입장이냐구요? 저는 굳이 분류하자면 후자에 가까운 유형이라고 할 수 있을 겁니다. 안정을 꾀하는 유형 말이죠. 매일매일 설레고 두근거리는 연애야 질릴 정도로 해봤으므로, 그러나 제가 상대에게 안정을 요구할 때 과거의 연인들은 저를 매몰차게 떠났으므로, 그런 숱한 연애들의 역사가 빚어낸 저의 '안정 욕구'로 인해 저는 결혼을 원하게 됐는지도 모르겠습니다.

제 남편은 눈을 뜨고 잠들 때까지 항상 먼저 저의 안부를 묻는 사람이었습니다. 본능적으로 저는 이 남자와 함께라면 앞날이 평온하리라는 것을 알았던 게 아닐는지요. 그러니까 다시 말해 결혼관이란 건, 누가 맞네 틀리네의 영역이 아닌 그저 개인의 취향이요, 선행된 연애들의 학습으로 빚어진 개개인의 가치관에 근거하는 그런 영역의 일인지도 모릅니다. 안정과 끈끈한 결속을 원하는 이들은 훗날 인류에게 결혼 제도가 완전히 사라지게 되더라도 한 사람과 오래오래 지내려고 할지도 모릅니다. 어쩌면 저도 그런 날이 오면, 남편에게 제발 나랑 30년 더 살아달라고 조를지도 모르겠습니다. 제 성향이 그런 것이니까요.

물론 저는 남편에게 연애 때처럼 설레지는 않습니다. 절대로 화장을 지운 모습을 보여주지 않는다거나, 방귀를 참느라 고통스러운 일 따위도 없습니다. 서로의 추하고 적나라한 모습들을 거세한, 매력적이고 관능적인 연애의 시기는 우리 부부에게 아주 오래전 일이 되었습니다. 하지만 그렇다고 해서 사랑이 사라지는 것은 아니었어요. 저와 남편은 화학적 반응이 부재하는 자리에, 그러니까 남들이 '의리'라고 부르는 감정 또는 '공동체 의식'을 채워 넣었습니다. 대부분의 부부가 이렇게 살아갑니다. 하지만 서로를 매일 밤 탐하고 싶은 관능적 존재가 되지 못한대도, 대다수의 부부가 서러워 울거나 결혼을 끝내려 하지는 않습니다. 저희 부부도 그런 사람들인 덕에, 이렇게 잘 살아가고 있는지도 모르겠습니다.

그렇기 때문에, 저는 오늘날 결혼을 마냥 구시대적인 제도라고 보는 시선에 대해서는 동의하지 못합니다. 세상이 아무리 바뀌어도 얼마든지 저 같은 사람이 있다고 믿기 때문에요. 어떤 명확한 정답이 있기보다는 다양한 선택지가 있어야 좋은 세상이라고 믿는 저는, 결혼도 그래야 한다고 생각합니다. 결혼은 구시대적인 것이니 없애자고 한다면 선택지가 하나 줄어들고 마는 꼴이 되는 거죠. 그러니 결혼이 필요한 사람은 결혼을, 결혼이 아니라 싱글라이프가 필요한 사람은 비혼을 택할 수 있는 세상이 되어야 한다고 생각합니다.

물론 이렇게 확신해 차 결혼생활을 호기롭게 유지해나가는 저조차도, 언제 어떤 일로 결혼생활에 종지부를 찍을지는 알 수 없는 노릇입니다. 인생은 매우 길고 저는 아직 젊으니까요. 저는 단지 '아직까지는' 결혼이 주는 안정감과 깊은 신뢰로 다져진 관계에 만족하고 있을 뿐이겠지요. 그러니 비혼은 저에게서 떠나간 문제이지만, 이혼과 재혼이 저의 문제가 될지 아닐지는 확실히 더 살아봐야 알 일입니다.

사랑과 결혼. 그건 우리가 수천 년을 탐구해왔으나 아직도 의견이 분분하고도 여전히 싸울 거리가 다분한, 영원한 미지의 영역인 것 같네요. 저는 그저 '저'라는 개체로 지구에 사는 동안, 저 스스로가 설렘보단 안정을 추구하는 유형의 여성이며 결혼을 지향하는 인물이었음을 깨닫고 갈 뿐입니다. 제 사랑을 탐구하는 것만으로도 바쁘고 벅찬 이 세상, 타인의 사랑과 결혼관에 대해 자신만의 잣대를 들이대는 일은 그래서 금지, 또 금지일 것 같습니다.

당신이 사랑의 영속성을 믿든 믿지 않든,

당신은 타인의 잣대로부터 침해당하지 않을 권리가 있

음을,

저는 강조하고 싶습니다.

당신이 어떤 선택지를 택하든, 그래서 저는 당신을 지지
합니다.

당신을 존중하는 것만이 유일한 정답이기 때문입니다.

그저, 모두가 사랑과 결혼에 있어

자유롭고도 행복한 선택을 할 수 있기를

진심으로 바라요.

사랑은 원래
예쁘지 않다

이 책을 쓰는 동안, 나는 흥미로운 깨달음을 참 많이 얻었다. 책을 쓰기 위해 나의 많은 연애사를 꺼내 보아야 했고, 그 과정에서 과거의 내가 많은 상처와 트라우마를 겪었음을 실로 객관적으로 바라볼 수 있었기 때문이다. 그동안 내가 상처로 얼룩진 나의 연애들을 진정으로 치유하기보단 회피하고 외면하면서 지내왔다는 것도 덕분에 알게 되었다. 오랫동안 봉인해두었던 상처를 진심으로 보듬어볼 수 있는 시간이었다. 독자를 위로하려고 연애 에세이를 썼건만 웬일인지 내가 위로받는 일이 더 많았던 것이다.

연애와 관련된 콘텐츠를 자주 올리는 한 유튜버는, 이별과 상처에 대해 이렇게 말했다.

"그 일이 여러분 인생에서 일어나면 절대 안 되는 일인가요?"

이 말은 이른바 내 뼈를 때렸다. 나라는 사람이 특별하다는 자의식 과잉에서 오는 비합리적 신념, 즉 '나는 상처받으면 안 돼'라는 믿음을 꼬집는 말이었다. 돌려 말하면 나는 전혀 특별하지 않으며, 그렇기 때문에 연애를 통해 어떤 상처를 받든 어떤 나쁜 사람을 만나든 그것은 충분히 내 삶에 일어날 수 있는 일이라는 것이다.

그렇지 않은가. 연애에서 겪게 되는 상처와 트라우마는 세상 어디에서든 누구에게든 비일비재하게 일어나는 일이다. 평범하디 평범한 내 인생에도 얼마든지 찾아올 수 있으며, 그 일이 찾아온들 그것은 '있어서는 안 될 이상한 일'이 절대 아니다. 그냥 일어나는 일일 뿐. 결국 연애든 무엇이든 간에, 나에게 일어났던 좋지 않은 일들을 이겨내는 가장 건강하고도 합리적인 방법은, 묻어두고 외면하고 부정하는 것이 아니라 제대로 들여다보고 온전히 받아들이는 것일 테다. 디즈니 동산의 공주님처럼 황홀한 사랑만을 경험하고 싶지 않은 사람이 어딨을까. 누구나 불행 없는 사랑과 삶을 꿈꾼다. 하지만 예측할 수 없는 불행이 불어닥쳐도 이겨 나아가야 하는 것이 우리의 인생, 우리의 연애인 것을.

에세이를 마무리하면서, 나 자신의 완전한 치유가 이루어졌으니 다 된 거라고 생각할 무렵이었다. 그러나 문제는 거기에서 그치지 않았다.

이 원고를 쓰는 나에게 우려의 눈빛을 강렬히 보내는 사람이 있었기 때문이다. 그건 나의 엄마였다. 엄마란 존재가 어떤 존재이던가. 딸자식이 무조건적으로 행복하기를 바라는 존재다. 때문에 엄마는 내가 책을 쓴다는 사실은 자랑스러워하셨으나, 내가 쓰는 내용들 중 흠이 될만한 것이 있으면 몹시도 불안해했다. 나보다 스무 살 가까이 나이가 많은 아저씨를 만났던 이야기, 스토킹을 당한 이야기, 명문대를 나온 오빠에게 심한 정서적 상처를 입고 약을 털어먹었던 이야기들 말이다.

원고를 거의 다 썼을 무렵에도 엄마는 계속해서 물어왔다. "그런 얘기도 책에 들어가는 거야? 그런 얘기는 빼면 안 되는 거야? 좋은 얘기만 쓰면 안 되는 거야?"라고. 나는 딜레마에 빠져 많이 괴로웠다. 엄마가 행복해하고 자랑스러워할 만한 이야기, 그래서 엄마의 연세 지긋한 지인들이 보셔

264
사연 없음

도 아무런 반감을 품지 않을 만한 이야기만 편집해서 쓰는 것이 과연 좋은 선택일지. 아니면 나의 상처를 가감 없이 드러내어 많은 이들에게 공감과 위로를 보내는 것이 좋은 선택일지에 대해서 두고두고 고민해야 했다.

하지만 고민 끝에 내린 내 결론은, 나는 내가 쓰고 싶은 이야기, 비록 내 흠결을 드러내야 하는 이야기일지라도 그 솔직함으로 타인의 마음을 어루만지고 눈물을 닦아줄 수 있는 이야기라면 써야겠다는 것이었다. 솔직히 상처를 빼자면 내 연애에서 할 수 있는 이야기는 아무것도 없는 것이나 마찬가지였고 말이다. 그래도 사랑하는 나의 엄마를 위해서 너무 노골적인 상황은 완곡하게 표현하려고 노력했음을 엄마가 알아주었으면 좋겠다.

그러면서 생각했다. 엄마들은, 어른들은, 왜 자식의 사랑이 아무런 흠결도 없이 보송보송해야만 한다고 믿을까. 부모들의 바람과 달리 세상의 거의 모든 자식들은 부모에게 말하지 못한 부끄럽고 못난 사랑, 또는 놀랄까 봐 감춰야만 했던 사랑의 경험이 있다. 말하지 않는 게, 감추는 게 미덕이라고 배워온 탓에 우리 자신도 그런 이력을 부끄러워하며 성장했을 뿐.

하지만 달리 말하면, 그런 지난한 연애 과정이 있기 때문에 사람은 성숙하고 성장하는 게 아닐까. 엄마 아빠의 마음을 다치게 하지 않을 만한, 완벽하고도 바르며 보송보송한 사랑만을 한다면, 과연 그 사람의 인생이 잘 살아낸 인생이라고 할 수 있을까. 아무런 상처도 굴곡도 없이 평행선만을 그리고 산다면, 그것이 과연 좋은 삶이라고 할 수 있을까.

이창동 감독의 「시詩」라는 영화를 보면, 시를 쓰고 싶어 하는 할머니가 주인공으로 나온다. 그녀는 아주 수줍고 소녀 같은 할머니인데, 시를 굉장히 예쁘고 고운 것을 담아내는 그릇이라 생각하며 열심히 시 쓰기 수업을 다닌다. 그러던 중 자신의 손자가 한 여학생의 억울한 죽음에 관여되었다는 사실을 알게 되고, 알고 싶지 않았던 감정들에 노출되며 심경에 많은 변화를 겪는다. 그러나 삶이 자신이 추구하던 것처럼 아름답지만은 않다는 걸 깨달았을 무렵, 할머니는 그토록 원하던 진짜 시를 쓸 수 있었다. '시'라는 게 예쁜 꽃과 나비를 노래하는 것이 아닌, 삶의 모순과 비극 그리고 그럼에도 불구하고 가치 있는 인간 존엄에 대한 것임을 알게 된 것이다.

이 책을 쓰며, 나는 '사랑'이란 게 그 영화에서 그토록 할머니가 알고 싶어 하던 '시'의 본질과 비슷하다는 걸 절절히 느꼈다. 사랑은 원래 예쁘지 않구나. 사랑받은 기억, 따뜻하고 반짝이는 기억만으로 이뤄져 있지도 않구나. 사랑은 상처와 고통을 동반하고, 어떤 경우에는 그 고통으로 인생이 흔들리기도 하며, 그럼에도 불구하고 그 속에서 가치 있는 순간들을 발굴해내는 아주 지난한 과정이구나.

그러니 부디, 자식이 안온한 꽃길만을 걷길 바라는 많은 부모님들, 그리고 아무런 흠결도 상처도 없이 따뜻한 사랑만을 꿈꾸는 사람들, 또는 어떤 상처를 두고 부끄러워하고 원망하며 지내는 사람들이 이 책을 읽으며 그 중요한 사실을 깨달았으면 좋겠다.

사랑은 원래 예쁘지 않고, 때때로 못생겼다는 걸.

하지만 그럼에도 불구하고 사랑은 가치가 있다는 걸.

그리고 우리의 기쁨은

그 상처와 고통을 자양분 삼아 성장하는 데에 있다는 걸 말이다.

사연 없음

상처 없는 것처럼, 처음 사랑하는 것처럼, 있는 그대로 사랑하기

초판1쇄발행 2022년 3월 14일
저자 우듬지

편집 민지현
펴낸곳 도서출판 잇다름
원고투고 itdareum@naver.com
트위터 @itdareum
인스타그램 @itdareum

© 우듬지
ISBN 979-11-975602-8-6 [03810]